我的故事里

阮艳林 著

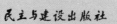
民主与建设出版社

©民主与建设出版社，2020

图书在版编目（CIP）数据

我的故事里 / 阮艳林著. -- 北京：民主与建设出
版社，2020.5
ISBN 978-7-5139-3024-6

Ⅰ.①我… Ⅱ.①阮… Ⅲ.①散文集－中国－当代
Ⅳ.①I267

中国版本图书馆CIP数据核字（2020）第070970号

我的故事里
WODE GUSHILI

著　　者	阮艳林	
责任编辑	程　旭	
封面设计	仙　境	
出版发行	民主与建设出版社有限责任公司	
电　　话	（010）59417747　59419778	
社　　址	北京市海淀区西三环中路10号望海楼E座7层	
邮　　编	100142	
印　　刷	水印书香（唐山）印刷有限公司	
版　　次	2020年8月第1版	
印　　次	2020年8月第1次印刷	
开　　本	880毫米×1280毫米　　1/32	
印　　张	8	
字　　数	157千字	
书　　号	ISBN 978-7-5139-3024-6	
定　　价	39.80元	

注：如有印、装质量问题，请与出版社联系。

只为一部书（代序）

《橘子红了》的作者说："我从不探讨文学的使命和人生的价值。我只写故乡、恩师和旧友。"也很好啊！

"十万字，可以印一本书了。可以骗人了。"我想。

内容空洞，语言乏味。但篇幅短啊——总算有优点。

故乡、恩师和旧友，一路写下来，怎么看都乱糟糟的。

故乡是回不去了，也不想回了。我的籍贯一直写河南开封。对开封，我很是牵挂了几十年：开封府，相国寺，铁塔，龙亭。直到去年，才又认真地看了看。但看惯了北京的紫禁城，这些名胜怎么都这么小啊！于是我痛骂自己无耻。

返程的当天，在下榻的宾馆对面的茶馆里喝茶。和女店主闲谈，聊了半天，女店主也不是开封土著，我深感失落。我父亲却饶有兴趣，侃到祖宅所在的东板棚街。我查了地图，与茶馆相隔咫尺！

失落之后，又感无力。

我们就睡在祖宅的旁边。

恩师时常见面，旧友业已不多。

全写在文章里了。

1997年7月1日，香港回归。董建华说："香港，经历了156年的漫漫长路，终于重新跨进祖国温暖的家门。"

这句话说得真好，让我记了20多年。现在看，也的确真挚而又有文采。

也是在那年的中秋的前夜，我的同学吴小军自杀了。

他是我的同学、兄长兼挚友。他是一个狂热的读者，藏书无数，收藏中包括当年学校图书馆里的报纸。他曾经信奉的一句话叫"偷书不能算偷"。他多次恋爱，一生未婚，殁年28岁。

他离世之后，我一直以为他会写一封长信给我，但我至今没有收到。男儿到死心如铁的结果，是我半生寂寞。

他引领我走上看书的路，我也只好把我在这条路上看到的风景描述给他看。

等看鲁迅先生的书的时候，我早已过了不惑之年。从只言片语，到一窥全貌，时间慢慢地流逝。这是怎样的一个人啊？他所有的话都说到了人的心里，对世事洞若观火，那文字美如少年。

不到一定的年龄，是看不懂先生的书的。

我到了这一定的年龄，也不能全看懂，只是每看一次，都觉得别有洞天。别有洞天之后，是百看不厌。

先生的书，我有几部。有一部是买的，全集定价1100元。

买书，我有两次受骗的感觉。有些作者的名头那么大，写得却如此的不堪。

看如此不堪的书，真想念先生的全集。

直到有一天，在北京西单的图书大厦里，看见竖排版的，宣纸线装大字体的《鲁迅全集》。一本《呐喊》，斜躺在一摞书的书盒的旁边，打开的《呐喊》里，是《故乡》开篇的那几句话:我冒了严寒，回到相隔二千余里，别了二十余年的故乡去……

人呆住了。

定价:3万元人民币。

人傻掉了。

从那以后，这部书就一直萦绕在我心里。印刷如此的精美，装帧这样的别致。

她绝不是我的梦魇。

我一定要用稿费把她买下来!

狐狸有无数个想法，刺猬只有一个主意。

只要心甘情愿，一切都会简单。

领袖说鲁迅是"现代中国的圣人"。

有人描述，梁文道讲鲁迅:就看他像布道的传教士又像呓语的梦游患者，在巷弄、天桥、地铁上，在车水马龙的街头，一袭素衣一本书，在夜幕下喧嚣的人间烟火气里，娓娓道来。

我没见过梁文道，但他是我的榜样。

前几天看了一段唐师曾的视频，他举着自己一本书说:"以前稿费很多，足够支撑采访，现在没人看书了。"

一脸的落寞。可惜我也没看过。

冯唐的妈妈说冯唐："你没杀过一个人，看得懂《二十四史》？没去过爱尔兰，瞎看什么《尤利西斯》？"

我妈要是还在，不知道她会说什么。

等挣到稿费了，就去买先生的书，一分钟都不能等。

2018年3月24日

目

录

我的故事里

我的文章里写了很多人，有名有姓的。每一个人，或巧合，或安排，或同学，或至亲，反正就这样安静地走进了我的故事里。

第一个，是吴小军。

我认识他的时候，他还叫吴少华，他第二年考大学的时候和我在一起。那时候他很自负，后来我才知道他读了很多的书。我现在明白了，年轻的时候，知道的东西多了，好比饮酒，老是微醺的状态，也就是一个感觉。一无是处。他本来是要被保送上大学，念师范中文系的。那当然合他的胃口，后来不了了之。他家叔叔说，他太猖狂了，谁都不放在眼里，就不管他。就是这样的机缘，我们才碰到了一起。

那时候我也想，看书多还能多哪儿去。去他家里以后，我也算开了眼。

他人很懒散，经常晚起，对某些事情毫不在乎。以后的岁月，我多多少少受了他的影响。我们念书的时候，部队到学校征兵。大卡车拉着一群不那么热血的青年去体检。半道儿遇见他，他起晚了，我们打个招呼，卡车呼啸而过。这件事就这么过去了。不见他有丝毫的内疚。

第二年，山河依旧。

上班以后，他改名叫吴小军，村里换身份证的时候写的。我第二次准备考大学，开学的时候没宿舍，骑车带着行李去他家里找他。一进院门，我就看见他蹲在石阶上补衣服——正是收秋的时候，衣服都破了。见到我，他喜出望外，是真的。我很早的时候就能察言观色，真假了然于胸。这个场景一直在我的脑子里，在小小的"患难"中，多多少少让我感到人间的一丝温暖。晚饭过后，就在他的小屋里聊天。床上堆着制服。崭新的——他就要去当警察了。也没见他有多兴奋。

他的兴奋点是书。多年以后，和他一批的同事说，住集体宿舍的时候，他能站在椅子上成宿的背书。有时候听多了，舍友也烦。他家的门前，有个水坑。按他的说法，是洗笔的砚池——暗示的是家里要出读书人。当然是他了。我也信。

工作和读书不沾边。他不是巡逻就是抓人，那时候还打人，但他总能找到契合点。我在他那里见过一个联防队员，年纪不小了。敬业，就是敬业，没有其他的。有一次晚上巡逻的时候，他们遇见个挎包的人，盘问的时候，那人把挎包放到了地上，一刹那有金属的撞击声。老队员一下就把对方扑倒在地，迅疾制服。挎包里是压力钳——原来是个小偷。吴小军刚参加工作，这使他对老队员钦佩不已，他也将这个故事写成了通讯，发表在内部刊物上。这也是对读书的一种回报吧。

他们上班之前，好像还培训了一年。他们，指的就是吴小军和张建国。吴小军在本地，张建国去了秦皇岛的山海关，我就在学校里准备第二次考大学。五一前后，上晚自习，俩人穿着制服，突然出现在教室外，和老师打招呼，叫我出去。25年前，没有任何的通信工具，可以想象，张建国先从秦皇岛赶回来，再去找吴小军，再到学校，骑自行车，夜路。现在想起来，除了精力旺盛，还是友情占了大部分。夜宵之后，俩人还给了我一点儿钱——他们发的津贴费，都是血汗钱。年少时经历的事，现在想起来，也不全是虚度。回忆中仍有感动，只是当时没有写日记。

最温情的回忆，是我们全都上班以后的某年春节，在吴小军家。东面的屋子里，和灶间连着的土炕烧得热热的，我们就和家里人坐在炕上。小木桌上全是菜，我们明日张胆地抽烟，房间里全是辛辣的烟味。婶婶屋里屋外地忙碌，叔叔和我们聊天、喝酒。好像说的是以后我们的新天地。一切都是崭新的。其实，哪有那么容易的事。

三个人中，张建国是最早结婚的，1994年。我到的时候是第二天中午。正事那天，吴小军招待了一天的人。吃饭的时候，从来不善饮酒的他喝了好几杯烈性酒。稍微一劝，他就说："我愿意，管得着吗？"没多久就酩酊大醉，睡了。我也醉了。醒的时候天已经黑了。张建国笑嘻嘻地给我俩拍照。在新房。

1997年，阴历八月十四。我查了下日历，是阳历9月15日。吴小军人没了。有的人算解脱了，有的人从此背上了十字架。

我在文章里说过，我觉得纪念小军最好的方式就是写文章，并且付梓，让我以后流逝的时光，多少留下一些痕迹给小军看。愿我的文字，盛开如玫瑰，开放在小军的墓前，掩盖那些荒芜的杂草，温暖小军寂寞的天堂。

有人说："你写他用他的真名合不合适？"

没什么不合适的。都是过客。

今年小军的母亲也过世了。我又去了那个18年未曾踏进的小院。老太太今年70岁整。也就是说，从52岁起，老太太都是在想念儿子的岁月中度过的。真正的度日如年，老太太至死不闭眼。我和张建国跟在棺材的后面，一直到殡仪馆，出骨灰，送回到家里的灵堂。

当年开小军追悼会的时候，张建国没回来。大清早，我在潮白河的大桥边等另外一个同学。久等无果。我一个人从潮白河大桥徒步去殡仪馆，这条路我走得真辛苦。没来的同学说，去了怕单位知道了不合适。

没事。我不怕。我来了。

小军有两个侄女。他只看见过老大。疼爱得不得了。他给侄女买过一个特别大的毛绒玩具，运输途中不慎染脏，懊悔不已，嘟嚷了好几天。老太太出殡那天，那孩子就在旁边站着，都当幼教老师了。在她的记忆里，可有这个疼爱过他的亲人？

这篇文章，零零落落地写了很长时间。有时候是有事，放下了；有时候是天热，蚊虫叮咬，放下了。快写完的时候，他的忌日又到了。天意。

18年了。不写了。以后再也不写他了。

高晓松说："我们都老了，再也没有人死于心碎。"

受先生的影响，我对生死的看法也成了"随便派"，草木一秋，死后的事不知道。但有人去了，他知道。

有个艺人写恩师的时候，写到最后，以泪如雨下收场。写《她们仨》的时候，小郭儿留言说看到最后泪如雨下。

我也不写了。

泪如雨下。

2015年9月18日

水灵山居

"世界上有那么多城镇，城镇中有那么多酒馆，你却走进了我。"这是电影《卡萨布兰卡》中的对白。

电影我没看过。对白是在杂志里看到的。我相信很多的人都没看过这部电影。我也相信很多人知道这句台词。在10年前，这台词直直地击中了我的胸口。10年之后，我得承认，那时候还是年轻，写一个人是如此的直白。即便他是我的老师。

毕业之后，和老师出游过三次。算上这次，出游的方向都是平谷（北京市平谷区）的山区。一次是漫无目的地寻找，一次是社团活动，这次我也说不上来属于哪类。70岁的老师，带着年近半百的学生，开着汽车，穿行在蜿蜒的山间小路上。这画面，微醉。

我的年龄，虽不能总结人生，但年轮总让我想起年轻的时候。

年轻的时候，最深的感觉是不知所措。有人写王朔从部队复员以后，因为是卫生员出身，被分配到医药公司上班。看别人做生意赚钱，也投身商海，但以惨淡收尾。印象最深的一句话说他：财源不是滚滚而来，而是滚滚而去。我是感同身受。不上大学，干点儿什么好呢？老师对我估计没什么偏见，托别的学生带口信儿。我见到他时，老师拿出一封信说："信都给你写了，但赶上大雨，没法带。"并随意念了几句。我只记住了大雨滂沱这几个字。核心的意思也非常简单：上班。回头翻看，距离那个时刻，整过了25年！！！

2003年5月16日，《北京日报》副刊登了我的文章，题目是《爱一本书超过十年》。这是一篇征文。我写的是三毛的《送你一匹马》。三毛这样回忆她和老师顾福生的相见："我向他跨近了一步，微笑着伸出双手，就这一步，20年的光阴飞逝，心中如电如幻如梦，流去的岁月了无痕迹，而我，跌进了时光的隧道里，又变回了那年冬天的孩子——情切依旧。那个擦亮了我的眼睛，打开了我的道路，在我已经自愿湮没的少年时代拉了我一把的恩师，今生今世已不愿再见，只因在他面前，一切有形的都无法回报，我也失去了语言。"

12年过去了，再看到这些话，我依然认为是最热烈、最直抒胸臆的语言，直达我的内心。

我年轻时的另外一个感受，就是生活拮据。1992年，我和同事在单位的楼顶凉台聊天，我谈对金钱的向往，谈对改善生活的愿望。单位的司机说："你想不想去伊拉克开货车？"时间过得真快，我上班的时候，海湾战争刚开始，我们聊天的时候伊拉克都开始重建了。开货车一年能挣10万元。10万元人民币，在当时是绝对的天文数字。

"我给你办。"司机最后说。

当晚，我带着10万元人民币的财富梦酣然入睡。不过，截止到目前、眼前、现在，我仍然没有踏出过国门一步。

老师不是这样。老师是但凡手里有了积蓄，必定是巡游祖国大江南北。不是和家人，就是和朋友、学生。这是一种生活方式，也是一种生活态度。我有很多龌龊行径，但和老师一起，一次都没有。我向他的生活态度致敬。

老师经常有社团活动。我只去过一次。为了见他，也为了另外一个人。有人讲课，谈文学，聊巨著，侃名家。从者如流。我就在院子里坐着抽烟，淡然地看着一切，看老师。

最能说明老师品质的，还是文章的题目。在多年以前，老师在平谷的湖洞水游玩，遇见一商贩，是个妇女。闲聊，问："生意为啥不发展啊？"答："没钱。"又问："缺多少？"回答："9000元就行了。"那妇女叫王水灵，老师慷慨解囊。

水灵用素不相识者的9000元钱开起了农家院。名字叫水灵山居。招牌是老师找作家浩然先生写的。在众多花枝招展的招牌之间，此块招牌素面朝天。

老师的学生遍布三教九流。我不是长期围在他身边的一个，但我写字儿。我想，他可能更盼望是这样。但愿。

这次见面，原想住一夜，没能实现愿望。我行程有变，半夜返回。其实我是想住宿的。

如果住宿，文章的题目就改了，改成《温柔的夜》。明眼人一下就能看出，题目和内容，风马牛不相及。和男女无关，和情色无关。

我们之间如果很熟悉，你一定知道我老师是谁。如果不熟悉，遇见了，我告诉你。

2015年9月25日

吾家有女初长成

上一次写她的时候，题目叫《你是我特别的天使》。那时她刚刚出生。那年我30岁出头。第一次当爸爸岁数大了点儿，但对于我整个人生余下的岁月来说，那时感觉还好。

题目是三毛写给侄女的文章的标题，拿过来就用，也没觉得有什么不妥。

但她出生的过程确实有些问题。预产期过了几天，就是没动静。我找大夫商量："剖腹产吧。"大夫说不行。

我问："为什么呀？"

大夫说："剖腹产有指标。"

于是打催产素，姑娘一次一次地没心跳。

果断决定，剖。

我问："为什么呀？"

大夫说："没心跳了。"

我不敢说平生第一次，反正是我为数不多的几次失态之一。

骂了人。

她从产房出来，在护士的怀里，睁着眼睛看我。我感觉从地狱到天堂。现在，她14岁了，有时候也睁着眼睛看着我，说："你能不能别回家啊？看见你就烦。"

当年，她可一句话都没说。

上学之前的事，都在《女儿与我》里说了。不重复了。

上小学的第一天，我送她去学校。半道儿嘟嘟囔囔跟我说了什么现在全忘了。我当时还有点儿悲壮的心情。忘了在哪儿看的一句话说：小小的身躯，要面对这个千百年的社会了。学校外，全是家长，叮嘱的、照相的，看得我索然无味。看看她，还好。

小学时她对我也还好。那时候我还留头发。吃过晚饭后，她会麻利地爬上沙发靠背，两条腿骑在我的肩膀上，拿镊子找我的白头发，一根一根地拔。冬天穿棉裤的时候往上爬，还有点儿气喘。我捏着她的小腿儿，看电视。

每年夏天，她都和她妈妈去姥姥家。有一年，从遥远的宁夏，她还写了一封信给我。在酷暑的季节，看那些歪歪扭扭的字，心里总会感到一丝清凉。

初中上了一所普通中学。好歹离家近些。每天晚上写作业的时候，娘儿俩都吵成一片。听得人不胜其烦。入睡的时候，娘儿俩又抱成一团，仿佛一切都没发生一样。百思不得其解。

放假就睡觉。没日没夜地睡。没有朋友。也从来没听她说过跟谁好。

唯一能说的，还算爱看书。

慢慢地明白一个道理：孩子是自己的好。再看不够，在别人眼里，也就是一个普通的小姑娘。

再也不缠着问我小时候的事了。每次主动和她说话，最常见的动作就是摆手，一下，两下，不超过三下。我便住口。

每次和人说起她的种种，言语充满沮丧之时，总有人说，别说啦，不跟你一样嘛。我便住口。

其实，她对我的全部意义就是：全部。

文章还得往下写。等她真正长大的时候，我把所有的文章，重新编在一起，名字就叫《致女儿书》，和王朔写给闺女的一样。

其实，生了她，养了她，是我前半辈子干的唯一有意义的事。

2015年9月28日

她们仨

1985年还是1986年，确切的时间记不得了，现在也懒得查，虽然查询很方便。那时候最大的事，就是哈雷彗星从天空划过。彗星而已，从空中一闪而过，也应该算不上大事。但再想目睹她，就得是80年以后的事了。轰动。

那时候住校。夜里和同学从学校里偷跑出来，去吴姓同学的家里看电视。记得是偷跑，因为一般晚上要上晚自习。吴姓同学家在附近，可上可不上。再有，他的父母是双职工，他是居民，可以念中专，也可以当工人，很悠闲的。后来，据说他念完中专以后，就去开压路机了，满世界修公路。后话。

还有一件事没想明白。为什么当天晚上不是仰望夜空，而是去看电视？时间？天气？完全记不得了。从同学家狭小的客厅里出来，凄清的街道上只有我们几个的脚步声。心里满是悲壮。再也见不到这颗彗星了。她再次光临的时候，我都九十几岁了！

少年不识愁滋味。

换句话说，那时候生活太单调了，为出来找个借口。

再换句话说，吃饱了撑的。

20岁我就上班了。也算不上迷茫。终于可以不用做数学题了，其实念书的时候也不做。抽烟也不用躲躲藏藏了，喝酒更是随意。但夜深人静的时候，总不能安心。我想，当时总归有古代科举失败的幻灭感吧。

我一直以为，好多的词汇是不宜出现在文章里的。比如手机、微信、短信之类，比如一些电影名称之类，比如一些综艺节目名称之类。一是刺目，二是有碍观瞻。

我看了《中国好声音》，也不是节目有多好，是有的人的歌声确实打动了我：贝贝唱的《大桥上》和黄勇唱的《流浪》。

汪峰作词的《大桥上》这样写道：

我猜想这黑夜总会过去，光明就在那不远的地方。上苍请让我再坚强一些，当我将要倒下就在这无靠无依的大桥上。后来的我曾拼过伤过爱过也恨过，到最后还是片凄风中飘零的落叶，我竟是如此的想念你善良的爱人，想念那些对我不离不弃的好朋友。我知道这人生总有希望，幸福总会在不远的地方，上苍请让我再勇敢一些，当我满怀恐惧就在这放任自流的大桥上。许多年过去了生活总算是变了样，无忧无虑的日子和成功的人一样。突然有一天我回想这走来的一路，不由自主的我哭得像个孩子一样……

黄勇这样唱《流浪》：

有人曾在歌里唱到，我要挣脱这满身的枷锁。如今我们都已长大，依然那么满含悲伤地迷惘……从明天起，我愿孤独一人，让这幽暗的人生变得闪亮，走走停停，体验这场生命，向着春暖花开的远方流浪。从明天起，我愿孤独一人，让这平凡的生命变得闪亮，轻轻醉倒或是随风飘荡，向着春暖花开的远方流浪……

唱得非常好。刹那之间，有点儿感动。

可能，歌词和意境，概括了我的前半生。更大的可能是，可能影响我的后半生。概括的前半生不去总结，未到的后半生不去猜想。我当时只是想起了她们仨。

2007年的1月21日，我到新的单位上班了，一个我从来没想到过的地方。在原单位待了18年，我心里，确实厌倦了。但去那里，真真超出了我的心理预期，比我当初中学毕业就上班还有幻灭感。

有人特别感慨鲁迅先生的一句话："有谁从小康人家而坠入困顿的么，我以为在这路途中，大概可以看见世人的真面目。"

我没能看见世人的真面目，我只看清了我在世人眼里的真面目。那天，我在本子的空白处，写了这样一句话：也无风雨也无晴。忘了在哪儿看到的。现在想起来，那年我都37岁了，仍幼稚如此。

当初的种种情形，在别的文章里写过，不重复了。总之，有点儿磨难，也有人出点儿小难题，我一直微笑。心里想：你等着好了。

新单位吃自助餐。食堂很大。靠墙边儿，是一溜儿的柜子，分格儿的，有编号。放餐具。仓促之间，我带着赌博的心态走向前任留给我的小格子。心想：最好给我留一副碗筷，最好。但——打开之后，空空如也。我一点儿都不失望。什么都能猜到，就是不甘心。这叫什么——活该。

2015年11月25日

她们仨（续）

　　新单位在机关的外院。临街的一排房子。几个科室挤在一起。后面一排是宿舍，床是老木板床，还有的是两条凳子上面搭一块铺板。安顿好了，考验也来了：要过春节了。

　　类似的考验还很多。毕业刚上班的时候，也没人告诉你该做什么，应该怎么做。反正是你就来吧，看着做吧的样子。那时候打电话还有总机，有电话员。往外打电话先和电话员通话：要根儿外线。有就打，没有就等着。有一次有人说："你去给我要根儿外线。"我一下愣住了，跟谁要？怎么要？也没人告诉过我。就愣在那儿。来人说："你新来的吧？"我说是的。那眼神，绝对是老兵要揍新兵的感觉。

　　春节联欢，去的是一所学校，离单位还有一段路。我一贯的做法，极少参加此类活动，但到一个生疏的地域，破例是必需的。好多事情的第一次，好有一比：投名状。

　　怎么去，也没人说话。呼啦呼啦的一群人，就往外走。情急之中，我跟同屋的一个姑娘说："我跟着你走，你看着我点啊。"那姑娘是王硕。她们仨中的第一个。"行，行，没问题，保证丢不了。"她们仨中快人快语的一个。

联欢很热闹。会后聚餐。会上我还唱了一支歌子——郑智化的《我这样的男人》。有兴趣的可以看看歌词，写到了我的心里，唱得我满眼是泪。

春节前还发了福利：肉和菜，满满的一大袋子。发愁，怎么弄回家？好在光亮对我也很好，说："行了，你甭管了，我想办法送回去。"我回家后不久，东西送过来了。开车的是小郭，见过，一个院儿的，常常微笑的姑娘。

开春儿了，跟天气一样，我心里也慢慢儿回暖。单位伙食不错。人也还行。路途遥远，在班车上睡会儿，到单位吃早饭。日子一天天就这样过着。上班、吃饭、聊天儿。老新人儿的加入，多少有点儿新鲜感。早饭的时候，我们仨一个桌子，听她们说点儿新鲜事。渐渐地，成了习惯。桌子不大，能坐四个人。但常常是我们坐在一起之后，再也没人肯坐了。旁边的人侧目看着。

熟悉之后，我在她们仨的名字之前，全加了一个"小"字：小王硕、小郭儿。

搭了一段班车之后，我买了一辆汽车。原因是班车有时吵得厉害，烦人。

开车的时候，碰到了小吴爽。上车之后，小吴爽说："王硕和小郭儿跟你挺好啊。"我说："是，是……"连说了好几个是。"电话呢？"我把电话递给她，以为她要打电话。她用我的电话拨通了她的电话之后，咯咯地笑："这回你可跑不了了，咱们一起聊天儿。"

我的天。

那些日子，除了她们仨，小龚磊天天跟着我。烦的时候，小龚磊就说："我就是你的小马仔，你说干啥就干啥。"

路比较远，我经常住单位。值班的时候，不值班的时候。漫漫的长夜，聊天儿，吃夜宵。她们不会男朋友的时候，经常参加。

有一天早上起来，我看见小王硕蹲在屋前的空地上，一脸愁容。我问："咋了？""胃疼。"一直想笑，吃夜宵吃的，难受成那样，还穿着高跟鞋。她瞪大眼睛无辜地看着我。就小吴爽忙，东一趟西一趟的。年轻的女孩子，总归有美好的向往。

那时候，我常常想，这样的生活也挺好的。活在她们中间，颐指气使。

风还是来了。

小龚磊是第一个走的。反反复复跟我表白，真不想走。我说算了吧，有个好人家就去了吧。腻腻歪歪了好几天，天天告别。

天气热了，下午自由活动的时候，我就绕着镇子走，挥汗如雨。

直到有一天，有人告诉我，小吴爽也调走了。我一下愣住了。昨天好好的，今天咋就走了呢？有我的电话，为什么不说一声呢？可是我也什么都没说，也说不出来。

风波过去之后，有几天没看见小郭了，心里有点儿发慌。打电话，小郭说："我在外边培训呢。"原来如此。回来之后，找到我，说："你是不是怕我也走了啊？"

你说呢？

11月了。天气已经很冷了。早晨起来，我在宿舍前的水管子边洗冷水澡，也没什么预感。

通知来了，我调走。

我总共在大孙各庄待了9个月16天。

忘了在给她们谁的一本书上写了三毛的一段话：要讲什么题目？讲那塬上一枯一荣的草，讲那野火也烧不尽的一枝又一枝小草，讲那没有人注意却蔓向天涯的生命，讲草上的露水和朝阳。这篇文章的题目叫《朝阳为谁升起》。

小郭儿的眼里一直含着眼泪。我一直没忘。

分别之后，其实包括分别之前，一直也没什么伤感。天下哪有不散的宴席。只不过是一份工作，几个同事，几个女孩子。我有时也这样想。

有一次她们找我来玩儿的时候，说到她们仨，我有点感慨。

第一，我说她们一来，对我来说，就是一个盛大的节日。

第二，她们仨，让我想起当初养我闺女的感觉，劳神费力。

半真半假。但半真半假的话，小郭儿写在了她的空间里。

后来我查出了糖尿病。小吴爽给我打了好几次电话，告诉我偏方。有一次路过她的单位，口渴，可兜儿里一分钱没装。接我电话，她麻利地出来，又跑回去拿瓶水。宿醉的气味儿被她闻了出来，她有点儿恼："你能不能注意点儿身体啊？你还要不要命了？"我笑了笑，喝完水，转身走掉。

她们都结了婚。小王硕和小郭儿有了小公主以后，我还写了文章《给幸福的母亲》。在文章里，我说："上班有空的时候，我会想你们手忙脚乱的样子，想小公主每天的变化给你们带来的欣喜。每天每天。我从演员变成观众了，但我是一个真正的观众。我会欣赏剧情，我能体会你们的幸福。一直没有给你俩写文章，不是因为忙，也没有什么其他的事情，只是不敢想那时候的日子。没有你们，我都不知道能不能熬得过去。"

小王硕说，看到这儿的时候，她的心里酸了一下。我信了。

离开8年，我已经是满头的白发了。时间都去哪儿了？

去年比这稍早一些的时候，小吴爽给我传来一条消息：辞职去了遥远的地方，寻了另外一个精神的世界。那个世界，对她来说，静谧、安详、与世无争；对我来说，犹如五雷轰顶。

我平生第三次真真切切有了幻灭感。

那次见面，已经是诀别。苍山负雪，浮生尽歇。

在宗教面前，我们都输了个精光。我们，包括小王硕和小郭儿。

今天是个洋节。零点之前，又叫平安夜。

我才明白柴静说的那句话：有些笑容背后，是咬紧牙关的灵魂。

野夫有次回到家乡，被人叫去喝酒，到了地方才知道，是朋友出家。他痛哭一场。

我们是微茫的存在，折射着心里每一丝憧憬和每一缕不安。

说起她们仨，本来是挺高兴的事，结尾的时候，又偏沉重。

抱歉。

但她们在我心里，都是好孩子，善良、懂事儿。

2015年12月25日

相见时难（丧母十年记）

新年的第一天，许许多多的事儿，各忙各的。

我的事儿，是坐在键盘前敲这篇文章。

和菜头在2015年岁末的文章里说："在世间呼喊，于是得到回应，这是美好的事情，美好到无法用语言文字讲述清楚。困惑的人永远困惑，不得其门而入；明悟的人身在其中，心地一片澄明。世界上的人那么多，世界上的人那么少，你我有幸相遇，共度好时光。"

我把这段话，转述给了四个人，在新年第一天的早晨。

2016年1月5日，是我母亲去世10周年的日子。在1月5日前，最好在今天，我一定要把这篇文章写完，否则，对不起和菜头说的话。世界上的任何人与我的关系，都没有我母亲和我的关系近，这是没办法的事，也不是缘分能够讲清楚的事。母子一场，她生了我，养了我，到现在还影响着我。

我没法忘了她。

我也忘不了她。

10年了，记在我心里的许多点点滴滴的小事、她亲口讲述的一些片段，我觉得可以说出来了，要不然也没法回忆和纪念。

说起我母亲，绕不过去的人是我姥爷。姥爷生于1900年，39岁的时候，有了我的母亲。我姥爷是木匠，造大车的木匠。除了我母亲，城里的表哥也和我聊起过姥爷，但我的脑子里对于我姥爷仍没有一个清晰的形象。据说我姥爷极聪明，小时候不爱干活，遭父母痛骂，之后被派去挑水 。他不说话，拿起扁担就走——水也挑回来了，但没法停下来，水缸满了之后是水桶，水桶之后是水壶……直到没有再能盛水的器皿。大人干瞪眼，没话说。我姥爷很早就父母双亡，和唯一的妹妹相依为命，反正家里有地，吃喝不愁。但渐渐就入不敷出了。家里一有事儿，家族里就有人出来操持，包括妹妹出嫁。没钱咋办？出地。有多少地也不够卖的呀。

还有人贪图家里的财产。有一次我姥爷吃饭，吃烙饼。感觉味道不对——饭是别人给做好的。他悄悄地给狗吃了一块儿，结果狗死了。自此之后，他不再相信任何人。我母亲和我说起这些的时候，还有些咬牙切齿："穷当家子，祸害叉子。"

成年之后，该养家糊口了。姥爷干起了木匠。他这个木匠有些特殊——没有师傅。小时候他天天去木匠铺玩儿，时间长了，无师自通！他打的大车，榫卯结构，精确无比，不加楔子，经年不坏。他这个木匠，还有些特殊——没有徒弟。有人学过，他说一遍，别人必须得懂。否则，一顿暴揍！他有自知之明。所以，徒弟的事也就不了了之。

我姥爷信相术。他后背有个肉瘤。我母亲小时候常摸着玩儿。他告诉我母亲，这是克子之物，不是好玩意儿。一语成谶：我的舅舅都死了！

1964年，我父亲复员，孤身一人从江苏徐州赴北京与我母亲见面，一进家门，婚事就算定了。我姥爷对我母亲说，我看过了，这是个受苦的人，咱家需要一个这样的。回想我父亲的这些年，全都是辛苦劳作。姥爷的话，一点儿都不为过。

我和我姥爷没缘。1970年1月22日，我姥爷去世，第二天我出生，家里家外乱作一团。我母亲后来说，一边死人，一边活人，还要盖房子，也不知道咋过来的。

1957年我母亲初中毕业，她想上师范，我姥爷整天在炕上病着。师范虽然不用交学费，但还要熬三年才能挣工资。学校动员学生去小学当教师，当时到处缺教师。在能养家的工资的诱惑下，我母亲去小学教书了。我母亲后来回忆说：从我教书的第一年起，我教的班就没考过第二。我母亲是非常要强的，在学校里，她每天早早起床，梳洗完毕之后，到教室里等学生上早自习，她自己看书。学生一来，看到老师在，全都乖乖儿地早读。别的班早就放了羊，闹成一团。我母亲不无得意地说："我教的学生，不考第一，门儿都没有！"

我父母在"三年困难时期"都没受罪。我母亲在学校，有工资，学校还养了猪，过年过节的时候还能吃肉。我的父亲在坦克部队当兵，重装备部队粮食优先保障，苏制T-34坦克耗费体力极大，那可不是闹着玩儿的。老两口儿回忆起往事的时候，常常说起这段儿。

我母亲的工资，最重要的事是给我姥爷买茶叶和点心，她自己用得不多。一家人就这样渡过了难关。我父亲的家里就没这样幸运，我奶奶死了。多年以后，我父亲仍然心绪难平：军属的慰问品让别人给抢吃了！

据说，在"三年困难时期"，有国家预测中国会亡国，但是结果相反。其中的秘密就是国家大量疏散城市人口，减轻国家负担。哪儿来的回哪儿，这就是下放。1962年，轮到我母亲这批人了，有人哭有人闹。我母亲说："我最看不起这种人了。"她打起背包就回家，回家之后就下地劳动。我母亲的原则是永远不让别人看不起自己。"有什么呀，回家就活不了了？"她常常这样总结自己的心态。

"文革"来的时候，我母亲是带着对共产党的热爱参加这场运动的。过程惊心动魄，不堪回首。运动结束以后，她被定为"三种人"，被开除党籍。我上小学的时候，常常是放学回家，被我母亲拒之门外。家里来来往往全是调查的人。再以后，就是她不断地写申诉材料。她写完之后，我父亲管誊写。我清清楚楚地记着，因为材料太厚，我父亲用牛皮纸糊了大信封。

她去世以后，我看到了组织的结论。后来因为搬家，这份结论丢失了。我知道，她是当时大队、公社、县三级"革委会"的副主任，参加了中国共产党的"九大"。结论中说："这在全县妇女中是少见的。"我无意为我母亲开脱。这只是说我母亲的经历。

大概1980年以后，我母亲就不去生产队劳动了，开始了她家庭妇女的生活。如果以时间划分的话，她养了10年鸡，又养了10年猪，病了6年，大概就是这样。我母亲最痛恨好吃懒做的人，也痛恨怨天尤人的人。养鸡的时候付出的心血最大，请教人，改造屋子，改造鸡舍，买鸡雏，忙得不可开交。最重要的是，我母亲不挣工分，非但生活水平没有下降，反而生活越来越好。1984年，我姐姐考上了大学，我母亲非常高兴，买这买那。从供销社买的大木床，我到现在还用着，它是母亲留给我唯一的遗物。我母亲之所以这么高兴，我猜是她怕我姐姐过家庭妇女的生活。不是说多艰苦，她实在是讨厌农村的婆媳关系，家长里短，打架闹和。在她眼里，劳动、过日子、看书才是正事，其他的，一概免谈。所以家里极少有串门的人，她不喜欢，也没时间闲谈。

我母亲的一生可以说是强硬的一生，她所有不喜欢的事没有人能强迫得了，比如，不当儿媳妇儿，不去生产队劳动，不和不喜欢的人来往……除了没能长寿。

我想，我的出生给我母亲的欢乐应该是巨大的。她多多少少还是有重男轻女的思想的。我出生以后，没有奶粉，就用开水泡饼干代替。我父亲看到我吃了之后，说："嗬，又能活了。"她外出、开会全带着我。从小我就不吃糖和点心，也不知道为什么，就是不吃。去亲戚家，我从没有让母亲出过丑。我母亲说："好。不吃甜东西的孩子孝顺爹妈。"再有，我冬天不流鼻涕，棉袄袖子永远干干净净，我母亲非常满意。上小学五年级的时候，我学习非常好，也没让她操心。

中学以后，我母亲对我有点儿烦了，经常痛骂我，无非就是：劣等生。但烧火做饭的时候，她又离不开我。只有我烧火，饭菜才不会煳。换了别人，又是一顿痛骂。

后来我外出念书，她又常常念叨我，回家之后做好吃的安慰我。

我30岁才结婚，她有点儿着急了，不再是痛骂，是说理了。她说："趁我身体还行，你最好结婚，生孩子我还可以给你管一管，要不然你罪可受大了。"我当然不信，可我的以后全让她说中了。

她最后一次住院的时候，我就预感不好，给她买了寿衣，又到照相馆放大了她的照片。照片是她教书的时候照的，我不愿意用她老年时的相片。她去世的时候，是我赶到床边才咽的气。很清晰的一声，仿佛是一声叹息。

老年痴呆症。我以为就是人傻了。不是，是以前的事记得清楚，现在的事记不住——我母亲得的病的一种。

我母亲得病以后，我父亲和我说："你妈的病也不知道啥时候能好，趁我还能动，你能不能和我回老家一次？"我母亲说："不行！"我说："为什么呀？"她说："你爸爸一回去就不准备回来了！"我还犯了脾气。现在想想，是我母亲脑子糊涂了，她不再相信任何人了。

有一次同事和我回家，炫耀认识某些人，我母亲笑了："你知道我见过多大的官儿吗？如果叫官儿的话。"这是我上班以后，她没病之前。

我36岁的时候没的母亲，今年我46岁了。

我母亲的坟很低矮，夏天的时候荒草一片，没有墓碑。我想了很长时间，将来立碑的时候，我想刻这样的话：妈妈在这里，爸爸也在这里，家也在这里。

这样的文字，刻在墓碑上，等我将来死了以后，没人照顾父母的墓时，如果有人破坏，希望他能生恻隐之心。

没有亲人埋葬的地方是不能叫作家乡的。

这可怜的人间。

2016年1月2日

阿宗三件事

　　文章里的好多话，包括大段的话，都是别人的。更过分的是，许多文章的题目，也是别人的。这里面，有偶尔记下的，有久藏于心的，更多的是歌名和歌词，像《闪亮的日子》《山丘》《原来你也在这里》等。这些分开了的普普通通的汉字，凝结在一起，竟有如此摄人魂魄的魅力，直直地、无阻碍地，萦住你。

　　周作人好像说过，太阳底下没有什么新鲜事。

　　所有的事，经历都一样，感受不同而已。有人说出来，有人记在心里，有人写在纸上。说到底，生命也只是一场记忆。

　　《阿宗三件事》是李宗盛的歌。

　　歌词如下：

　　纯儿是我的女儿

　　是上帝给我的恩赐

　　我要让她平安长大

是我很重要的事

纯儿是我的女儿

是上帝给我的恩赐

我希望她快乐健康

生命中不要有复杂难懂的事

啦啦啦

纯儿是我的女儿

是上帝给我的恩赐

我亲自给你取的名字

希望你平安一世

你说你喜欢我的歌

我不知道这算不算是一种好事

嘿嘿嘿

你说你喜欢我的词

总是道出你心中不欲人知的事

嘿嘿嘿

我不知我不知

我写歌有时快有时慢

有时简单有时难

有时心烦有时不知怎么办

我不知怎么办

我是一个瓦斯行老板之子

在还没证实我有独立赚钱的本事以前

我的父亲要我在家里帮忙送瓦斯

我必须利用生意清淡的午后

在新社区的电线杆上绑上电话的牌子

我必须扛着瓦斯

穿过臭水四溢的夜市

这样的日子在我第一次上综艺一百以后一年多才停止

…………

歌词第一次看到。旋律也听过了。李宗盛没能唱出沧桑里的快乐。心里多多少少有一点失落。

我闺女的名儿是我取的。蓝天的"蓝"字。她上小学的时候，老师让讲名字的由来。我告诉她了：第一，蓝色是我钟爱的颜色。第二，用蓝字当名字的人都是长得好看的人，比如于蓝，比如柯蓝。第三，在《百家姓》里，我们的姓氏后面就是姓蓝的。天意。

前几天，因为学习的事儿，我闺女大哭了一场。睡前洗漱也没能止住哭声，直至抽噎着入睡。旁观的同时，我心如刀绞。在她落生的那一天，我在心里答应给她的日子在哪儿呢？那晚我很久没睡，想给她写一封长信，说说我的前半生，谈谈我们整个家族。没写。一是电脑没在身边，二是写完怕她不看。

昨天，考试考得不错，她又唱了半宿歌儿。

这叫什么事儿!

家具全换了。置了一张茶桌,老榆木的。谈不上古色古香,也算气定神闲。两把圈儿椅。一张带书架的书桌,书桌略显局促,但放电脑刚好。书架有八个格子,一大七小。散落各处的杂志终于有了安身立命的场所,和我的命运一样。右下角的格子里,是一沓一沓的信纸,写字儿用的。

茶桌置了,喝茶的欲望反而淡了。没人的时候,大多喝凉水,吃药。入冬以后,圈儿椅坐着有点儿凉,多数时间它都闲着。书架上除了杂志以外,还有几本书。大多数翻了一下,没看完。信纸也七零八落地摊在桌子上,自己写的字儿,好多也认不全。

看完的书,多是看了好几遍的。

《寡人》这本书是我偶然捡到的,作者阿乙。开始没仔细看,以为是阿忆,好像是名字有点儿熟,结果是阿乙。我猜不是真名字,作者简介里说,阿乙,1976年出生于江西瑞昌,警校毕业,先后做过警察、体育编辑和文学编辑。阿乙说这本书汇聚的是他近年来的一些随笔,或者说小叙事。不忘的是他讲当警察时一个小偷的故事,还有就是警校里的故事。小偷的故事不说了。阿乙1994年读警校,在学校,有一位参加培训的学员,因为在奏国歌前说"默哀三分钟",被果断清退。阿乙在这篇文章的最后说:"我并不适应这种生活。"

在书的封底,阿乙用这样一段话总结:"但它不是一本随意的书，我习惯在一件事或一个场景刺伤或者严重影响我时将它记录下来。很多时候，我觉得自己是个正常人，因此觉得那些事也会刺伤和影响别人。我很孤独，也很坦诚，我剖析别人，也剖析自己。相比小说，这些文章更像是心血，而不仅仅是一件出售的产品。我总是拿命来迎接、经受这个世界，毫无保留，但它最终还是将我放逐进更深的孤独。"

这段话如果有改动，我只会把"它"换成"她"。除此，无它。

周作人怎么说的？太阳底下没有新鲜的事。阿乙把我想说的话全说了。

常常，我的挎包里，除了《新华字典》，就是这本《寡人》。

我非常厌恶在书里有骂人的话。看过。可恶至极。

拉拉杂杂说了这么多，抄了别人这么多话。其实我最想说的事是：今天是我的生日。

愿时间放缓，故人不散。

假如错了，就说下面这句。

不要过分在意一些人，如果有人问，就说忘了。不解释，不悲伤。

李宗盛的《阿宗三件事》是写他自己的：第一件事写他女儿纯儿是上帝给他的恩赐，希望她快乐健康。第二件事写自己的歌曲创作。第三件事写他是一个瓦斯行老板的儿子。

其实李宗盛有三个女儿：纯儿，安儿，和喜儿。

我的出身没什么可介绍的。头发花白，肉身超重。今年，今天，46周岁。

一年一年按部就班地走。新年的时候写感受，清明的时候写我妈，阴历八月十四写吴少华。

还有，就是，等我闺女长大。

教书匠

我平生最大的理想，是开坦克。想的时候，总觉得是件遥不可及的事儿。

小时候，村里的一个年轻人，晚上翻墙进入我家，问我父亲开坦克的事。那时候，在村里能开拖拉机都是件很奢侈的事，更甭提没见过、没摸过的坦克。年轻人很执着，仔仔细细地问了半宿。走的时候，是不是心满意足就不知道了。年轻人是个会计，打算盘的。

后来，在电影还是电视剧里，或是在杂志里，我看到这样一句话：你可以嘲笑我这个人，但不能嘲笑我的理想。看到这句话以后，我对村里的会计肃然起敬。

人长大的过程，除了老之将至的凄惶，更多的还是理想实现后的狂喜。

同事里有转业军官，坦克团副团长。在心里和实际中，我觉得他比别人更可亲。

训练用的坦克很脏，炮塔里全是黄土，我从驾驶室里爬出来，除了满身的油污，更多的是惭愧。不要说噪声和震动受不了，就是操纵杆塞进挡位里都是很困难的动作，更不要说日复一日的重复。

狂喜就是这个庞然大物在自己的操纵下缓缓转身的时候。理想实现的一刻，也常常是缓慢转身的时候。

教过我的老师很多，大多都给我留下了不愉快的记忆。

小学一年级的时候，村里缺教师，上面派了一个很老的教师，退休的，戴眼镜，动作很迟缓。大多数时间他都坐在讲桌前喝水。人老话多，他常说的就是，别不好好学，反正我有工资，有粮票。现在想起来，我也不知说什么好。

我上小学五年级时的高老师是很严厉的。但她对我很好，有事经常找我商量，无非就是打扫教室、去生产队帮助劳动等。班里的学生都是村里的孩子，统共十八个，能有什么可商量的。

高老师教得挺好，语文、数学都是她一个人教，学习抓得也很紧。我的成绩应该还可以，我也以为能考上重点中学，去看看外面的世界。可是结果师生都失望了。

高老师的丈夫是中学教师，她就住在中学的家属院儿里。初二还是初三的时候，遇见她一次，那时候老师已经有第二个女儿了。她抱着女儿，和我说了很长时间的话，言之殷殷，情之切切。十四五岁，啥都是耳旁风。

高一的时候，刘静老师教我们语文课。她是对我影响最大的老师。那年她刚大学毕业。我在以前的文章里写过，但题目忘记了，内容也很空泛。现在想详细地叙述一下，记忆又显空乏。30年了！

小时候村里有知青，男女都有，城里的孩子。男知青里有很多"刺头"。学校的甬路边有一棵老榆树，上面有鸟窝，住的是很厉害的鸟儿，跟老鹰类似。凭记忆，好像叫"戾鹫"，惹了它，它就会从高空直刺下来，用翅膀抽人的脸，跟抽嘴巴子一样。男知青们乐此不疲。还有不听话的、打架的。村里也有辙，派当过兵的人管理。当过兵的人是从类似侦察兵的全训连队复员的，当兵的时候胳膊整天肿着，扔手榴弹扔的。总之，整天蹿房越脊、擒拿格斗。有知青挨过揍，大背挎，摔得够呛。

女知青有当老师的，名字忘记了，只记得姓刘，整天不声不响的，不像农村人大嗓门。讲卫生，身上的衣服永远干干净净，再普通的衣服穿出来也和村里的姑娘不一样。两个世界的人。

刘老师给学生的感觉就像城里人一样，不声不响，永远微笑，有时候两手在胸前抱着课本，行色匆匆。

能力和经历无关。刘老师从开始课就讲得很好。我始终相信：自古英雄出少年。

刘老师不当班主任，讲完课就走，也不查晚自习。有一次是因为作文的事儿还是我和班主任的事儿，晚自习的时候她还到班里转了一下，轻声细语地和我说了一阵儿。事儿的内容全忘了，但场景一直在。

刘老师还病过一次。张立勇和我特地买了橘汁和白糖去宿舍看她。进门的时候，刘老师正在写书法，精神儿还可以。穷学生哪有什么钱，在老师的眼里，我猜，橘汁和白糖比金子还贵。

张立勇也是个有情有义的同学。到今年，他都死23年了。

"教书匠"，是刘老师说的，从她嘴里说出来，是很自然、不做作的话。她说："我就是个教书匠，把你们教好就行啦。"我一直没忘。

如果有可能的话，能去学校教书最好了。这是我此刻最好的愿望。也是我的理想，也说不定，万一实现了呢。

鲁迅先生的文章是最耐读的。如果有可能，我一定把他写的、我认为最好的文章集成书，带在身边。也说不定，万一呢。

鲁迅先生在《白莽作〈孩儿塔〉序》里说："这《孩儿塔》的出世并非要和现在一般的诗人争一日之长，是别有一种意义在。这是东方的微光，是林中的响箭，是冬末的萌芽，是进军的第一步，是对于前驱者爱的大纛，也是对于摧残者的憎的丰碑。一切所谓圆熟简练，静穆幽远之作，都无须来作比方，因为这诗属于别一世界。"

老师的文章我看过，多年不见，不知她还写不写。对老师的才华和对生活的态度，我是仰慕的。

今天有旧友来，偶然说起刘老师，只是他们都不是老师的学生。对此，我有心理上的优越。

希望袁亚玲能看到这篇文字。我能记起的高中时的生活，也就这样了。

其他的，不说。

2016年1月27日

陌生人，我在春天等你

和菜头文章的标题。我实在想不出更好的题目。

从我父亲的住处出来，在胡同临街的拐角，有一处板式的房子，立在这里已经半年之久了。原来在街道的半路，空间狭窄，里面是香烟、零食之类，买卖家儿，夫妻二人。

为揽客人，夜晚还有霓虹的招牌。道路改造的时候，又往路中央跨了点儿，在掘出来的泥土和广告牌之间，顽强矗立。

道路整修之后，也可能太过突出，便搬到胡同的拐角。

胡同的北面是一处小广场。夏天的时候，我长期在里面绕圈儿，走路。广场很小，碰见熟人的时候，经常被问："地方这么小，怎么能达到锻炼的目的？"我的回答是，按时间算。走够时间就可以了，一个小时或一个半小时。

开始走的时候，是去年的冬天。小公园里还没收拾，也没人，乏味得很。乏味的时候，我想养一只狗。其实我一直想养一只狗，狼狗。从狗崽子开始养，等养到它半大的时候，牵出去，拉着我走，威风凛凛。

但到现在也是我一个人。

夏天的时候，小公园北面立起了巨大的灯杆，夜晚，亮如白昼。

亮如白昼的灯光，也是我观察空气质量好坏的工具。灯光在云里雾里的时候，我就果断停止行动，静待风的来临。

热闹的时候，有上百人，舞曲震耳，各色人等。曲终人散以后，地面一片狼藉。

有一次晚归，在胡同口被叫住，熟人，在板房的檐下喝酒。一张小桌，四五个人，也不算小酌了。半夜的时候才散，头昏脑涨。

九月份的时候，他们夫妻二人很高兴。儿子考上大学了，公安大学。

我也替他们高兴，希望所在。

冬天的时候，生意萧条，冷饮、矿泉水卖不动。女主人说，冰箱太旧了，得换个新的了。

现在，春天来了。

和菜头在文章里说："在这个凛冬，站在过街天桥上看太阳弹丸一样落下去，我不知道应该对你说什么好。陌生人，我没有宽慰的话，那样的话从何说起？我没有安慰的手，那样的手没有肩头可以落下。我只想告诉你：你所经历的我也曾经抵达，我正遭受的也许甚于你的今天。可是，我还是想和你做一个约定，就像是守望那间小店一样的邀约：我在春天等你，希望你也能同样到达。"

这是和菜头2013年12月10日的文章。

在今年的文章里，和菜头说："我期待着遇见什么人，带来新的想法、新的审美和新的人际关系。我厌倦了礼貌，厌倦了客客气气，厌倦了所有人在讲着正确无比却空无一物的话语。需要听到另一种中文，需要感到另一种态度，需要看到另外一种人生。"

陌生人，我们终将在春天相见。我并没有带来任何礼物，摊开的掌心里空空荡荡。但此时此刻，我们身在希望当中，变化尚未来临。这是最美好的时刻，一切皆有可能，一切将至未至，将立未立。但是，一切又都在潜滋暗长，即将破土而出。陌生人，这是我的春天，也是你的春天。

作家野夫这样描述自己的状态："我非常满意我的这种活法，不富不贵，自由自在。自己流放在自己的祖国，浪子一样地穿州过府，我无求于这个时代，因此也尽量无愧于我的人生。"

春节愉快！

2016年2月5日

不变的影子

年初，我开始用铅笔写字。为此，我还特意找了个笔帽，不用笔的时候，将铅笔遮得严严实实，实在是避免了许多不必要的意外。我买了铅笔刀，笔芯钝了，把铅笔塞进去转，动作要慢。有时候过程也惊心动魄。

我还用活页纸，把那些鲜活的、不虚伪的文字，慢慢地抄录下来。有时候也大段大段地抄录，也写进我的文章里。我也不怕有人计较我抄袭。因为，抄录的时候，心是一点一点地沉下去的。文字的光辉、人性的鲜活，谁都有责任传播。

王蒙在新疆的时候，与伊犁的维吾尔族农民生活在一起。有一次他与一个六七岁的女孩说话。王蒙指着天空说"胡大"（意思同中原农村说的"老天爷"）怎样怎样，小女孩笑着对王蒙说："老王大队长（时任副大队长），胡大不在天上，而是在我们的心里。"

一个小故事，道尽世间世事。

鲁迅先生也一直在我心里。鲁迅先生的文章是最耐读的。除此，我想不出别的话来描述先生的文章。

王培元在《夜读漫笔》里这样描述：鲁迅1936年逝世前度过的那个大病初愈的夜晚，二十三日写的《"这也是生活"……》一文，记录病情有了转机后的一天夜里，他醒来了，喊醒了广平，给他喝了几口茶水，还要她把电灯打开，说是要"看来看去的看一下"。然而许广平似乎并未听懂，以为他在病中说胡话。给他喝完水后，徘徊了一下，又轻轻躺下了，没去开灯。接着，就是如下一段广为人知的文字："街灯的光穿窗而入，屋子里显出微明，我大略一看，熟识的墙壁，壁端的棱线，熟识的书堆，堆边的未订的画集，外面进行着的夜，无穷的远方，无数的人们，都和我有关。我存在着，我在生活，我将生活下去，我开始觉得自己更切实了，我有动作的欲望——但不久我又坠入了睡眠。"

情境的描绘，内心的剖白，平静写来，真挚、深邃、生动，感人至深。

王培元这样总结鲁迅先生："既疏离庙堂又远避江湖的鲁迅，始终以独立的精神人格，独立不倚的文化风骨，不依附于任何政治集团或社会势力，牢牢立足于、扎根于古久而又苦难深重的华夏山泽大地之上，特立独行，刚毅坚卓地奋战、抗争与前行，承载着、牵系着生活于这块土地上的大众的愿景、忧喜和爱恨。"

鲁迅先生一向讨厌看客，激赏复仇者。他改用前人的话说：

"会稽乃报仇雪耻之乡，非藏污纳垢之地。"这句话也成了他故乡绍兴的名片。他写复仇，写刺客，摄人心魄，令人神往。

美国导演弗兰克·卡普拉说："从来没有哪个圣徒、教皇、将军、苏丹有过电影导演这般权力，能让千百万人在黑暗里听他说两个钟头的话。"

鲁迅先生的文章也一样。今天我们所想、所说、所忧虑的，鲁迅先生都想过、说过、忧虑过。

我老师70周岁的寿诞，在今年8月份。《水灵山居》里全是我老师的影子。《我的故事里》也是给我老师的礼物。内容和以前相似，都是父母、老师、同学、故乡和朋友。这些内容永远永远在我心里，是我心里永远不变的影子。

一位台湾同胞说："我去过黄花岗，这也是影响我一生的最重要的一件事。当我走下台阶，抚摸着每一块砖石，心里想着一个问题。一百年前的那个晚上，中国最顶尖的知识分子用什么心态出发的。几百个人拿着短枪进攻十几万人的两广督署，不可能成功的。人因梦想而伟大。"

人因梦想而伟大。

在不能长住的人间，在活到老丑之前，尽量梦想。

史铁生说："写作是鲜活的生命在眼前的黑暗中问路。"

我的愿望是，我的文字尽量温情，富于人间烟火，在种花的地方，尽可能五彩斑斓，极度盛妍；如同游走在异乡，握住一双温暖的手；在街灯的拐角，听见一句熟悉的乡音——

低低地问一声，原来你也在这里？

老师，在你70岁生日的时候，愿你快乐。如果你仍然忙碌，愿忙碌能永葆你生命的活力；如果你仍然辛苦，愿辛苦是你对生命本真的回顾；如果你还愿意劳作，愿你的劳作能有意料之外的收获。

这就是我的祝福。

2016年3月17日

寻医记

这是张姐给出的题目。

《编辑部的故事》里，葛优饰演的李冬宝说过一段特逗的话。说的是人生：打在胎里，随时可能流产；当妈的一口烟，就可能长成畸形；长慢了心脏短损，长快了就六指；扛过了十个月，一不留神让产钳把脑袋夹扁喽。都躲过去了，小儿麻痹、百日咳、猩红热、大脑炎在前面等着。哭起来呛奶，走起来摔跤；摸水水烫，碰火火燎；是个东西撞上就半死。钙多了不长个，钙少了罗圈腿；混到了能吃饭、能出门，天上下雹子，地上跑汽车，大街小巷躲着坏人，赶上谁都是个九死一生。

这段台词的背后，是冯小刚和王朔的影子。有人说冯小刚是机会主义者，能为理想折腰，能在乱世苟全。他的喜剧电影所折射的只有沉甸甸的两个字：爱和死。

我拍不了电影，我只能写点小短文，说说我的病。

初中时住校，宿舍都是教室改的。南北两侧是漫长的大通铺，给我感觉好像全年级的男生都睡在一个教室里，条件极其简陋。漫漫长夜，查铺的老师走后，聊天儿。青春期的男生，能聊什么呀。有个县城的男生，聊他阑尾炎开刀的事，说到细节处，一片哄笑。女护士、全裸、备皮，仿佛是一场游戏。

集体宿舍一共住了六年。最后一年的时候，冬天，也是晚上聊天。我睡在上铺，忽然感觉不舒服。那时候条件好多了，一个房间住了八个人。开始是浑身冷，后来是后背疼。起床坐了一会儿仍不缓解。去卫生间，猛然间呕吐。回屋后，同学问咋样了？我笑着说没事啦。下半夜，疼痛瞬间加剧，实在扛不住了。两个同学挟着我，钻出宿舍的楼窗，去了学校对面的医院。医生不在，又去医院家属院儿找医生。

躺在病床上的时候，天快亮了。阑尾炎。上午开刀。

瞬间回到了初中的那个晚上。一切都是按县城里那个男生说的那个流程。稍有不同的是，整个过程冰冷、疼痛、无趣。

吴少华那年刚上班，穿着棉大衣，挨着门找我，费了很长时间。买饭、聊天，一星期来了两次。

那年我20岁，右腹部留下一拃长的伤疤。

年轻的时候，我很少吃早饭。在家里，我妈早上不做饭。上班以后，是自己早上起不来。后来了解，结石病很大的诱因就是如此这般造成的。

输尿管结石的麻烦可真大。

开始疼的时候忍着。忍不住的时候，让人捶腰。后来门口的保安改用酒瓶捶。更麻烦的是，捶着捶着，不是我睡着了，就是保安睡着了。再后来，打针，黄体酮。一针下去，通体舒畅。有一阵子，看不见药房就不舒服。

结石病就怕着凉。夏天，我的房间有空调，一群人到我屋里纳凉，我盖着棉被躺床上。有人问的时候，我就说我不爱吹空调，扎肉。

带着对军队的热爱和信任，去过一家军队医院，体外碎石。碎石之前，须打一针药，为结石显影准备。但针剂有观察期，相当于青霉素皮试。轮到我的时候，快下班了，护士说，打不了了，明天再说吧。我看看后面，还有一个患者。你给打了不就完了嘛！

护士没再说话，瞟了一眼，打吧！

打完针，护士说："我可跟你们说了啊，医生都下班了，出了危险可没人抢救你们。"

我和我身后的那个伙计各自抱着胳膊，坐在诊室外的长椅上，相对苦笑。

后来在县城医院做了手术。

术前签字的时候，我的家人吓哭了。

手术前后，只有连军和我在一起。连军当兵的时候是卫生员。

术后的第一夜是最难熬的，疼痛难忍，万箭穿心。难熬的时候，打杜冷丁。最难熬的时候，打过三支。然后医生再也不肯给打了。五个药瓶挂在一起输液，能起床的时候，药水仍不减。去卫生间，连军提着药瓶，差点儿摔倒。在赶往医院的路上，他的肩胛撞骨裂了！！！一声没吭！！！仅用三角巾包扎了一下。

那年我30岁，左腹部留下一道15厘米长的刀口。

很多共患难过的人，都很长时间不见面了，还有永远都见不了面的。愿都安好。

见过一句最狠的话，说：记录本身，即已是反抗。我不苟同，真正的反抗是：沉默。

40岁那年，我查出了糖尿病。后来是滑膜炎，即股骨头坏死的前期。再后来是骨刺，双肾结石。

后来，遇见杨炬先生。

鲁迅先生是排斥中医的。他在《父亲的病》里最刻薄的话，是说轩辕的时候是巫医不分的，所以直到现在，他的门徒就还见鬼。但鲁迅先生自己也说，他的憎恶中医，仿佛也挟带一点私怨。

杨炬先生是针灸大夫，在北京的新街口。

北京城里新街口这条路，以前走过。最长的一次，是从宣武门一直走到北太平庄。新街口在这之间。近两年了，往返在这条路上的距离，比我当年走的不知远了多少倍。但病也起色了不少。腿保住了。小小的银针，也是魔针。

杨炬先生很年轻，诊室里就他和张姐两个人，整天忙忙碌碌的。很少见闲的时候，闲的时候，也讲看病的传奇故事。

他讲过的，我不能再讲了。诊室出门的墙壁上，挂一横匾：岐黄济世。

人生有很多事能串联在一起，横向的，纵向的，像极了一张网。然后刻在额头上，叫皱纹也好，叫年轮也罢。

文章的最后，照例用鲁迅先生的话结尾："我的生命，至少是一部分的生命，已经耗费在写这些无聊的东西中，而我所获得的，乃是我自己灵魂的荒凉和粗糙。但是我并不惧惮这些，也不想遮盖这些，而是实在有些爱他们了。因为这是我转辗而生活于风沙中的瘢痕。"

像先生所说，我的生命至少是一部分的生命，已经耗费在写这些无聊的东西中。

但我不后悔，而是实在有些爱他们了。

这也是我于风沙之中的瘢痕。

2016年3月19日

我写的仅仅是故事

写文章很辛苦，让别人看到也不易，但我写的文章都很短，也仅仅是故事。

过程不讲了，写出来要很大的篇幅。

我从事一种工作有十年之久。记忆最深的一句话是说：光听一个人的理由，对别人不公平。这句话说得如此平和，如此透彻，让我经久不忘。

写完《寻医记》后，查看空间日志，从开始到现在，所有的文章，不论长短、优劣、真心与假意，统共有一百篇了。

今天写的，算作小结。

我还算是一个有情结的人。前30篇，算是小学阶段，算是我对小学高老师的一个交代；中间的40篇，算是我对初中王老师的一个回顾；余下的30篇，算是我对高中两位刘老师的答卷。

几位老师对我都很好，在这漠漠的人间，在我体味苦楚时，我总是想起那时老师给予我心理上的慰藉。能够"情以堪"的，至少我还能写出几句话给别人看，没有成为鲁迅笔下祥林嫂式的人物。能够写字，拜老师所赐。

以前写短文的时候，列出过题目。大部分都写完了。没写的，实在是动不了笔，作罢。现在又列出了题目，赶在8月之前，一定写完。

再普通的人，也有理想。我也有理想的光。

在我女儿出生前，尤其临产前，我心里总有莫名的担忧。对这个未知的生命，不知是男是女，俊美抑或丑陋。最后的希望，只愿全须全尾，身体健康。过来的同事安慰说："没事，都这样。"我信了。我也用文字保存了她各个阶段的概况，我也希望她长大以后，能够通过文字，来体会人间的美好。

我也有非常要好的同学，见或不见，他们都在我的心里。我和他们一样，也为生活忙碌。困难的时候，也可以叫挣扎。稍有不同的是，我通过文字，表达了我内心对他们的依赖、憧憬和怀念。逝者已逝，生者坚强。你看文章掉的眼泪，在我心里的涟漪，只能是越扩越广。

我写的短文，没有任何的素材，我也没有问过任何一个人内心的感受和想法，只是一个又一个的故事。

我十几岁的时候，在家里，就我和我母亲两个人。同村的一个年轻人突然来家里做客，我母亲很诧异，我也感觉愕然。年轻人比我大很多，参军退伍后在外工作。他进门管我母亲叫姑姑，很是激动，平时见面连话都没说过，谈话的内容是说老辈儿的事儿。他感激我母亲在他家最危难时刻给予的帮助。我母亲说："我都快忘了呀，你怎么知道？"年轻人说："那时候我小，但我一直都记着呢！"

有时候，我也像极了村里的那个年轻人。

时间流逝之快、人世纠结之繁，是我从来没料想过的。我的很多理想都没有实现。年轻时大把的光阴，浪费在一些无聊的事情之上。一直想找一本好字帖，一直想学会弹吉他、游泳。北岛说："那时我们有梦，关于文学，关于爱情，关于穿越世界的旅行。如今，我们深夜饮酒，杯子碰到一起，都是梦破碎的声音。"

现在我有点儿厌烦这样的话了。

我相信过很多人，我也相信过很多事。等到这个年龄，坐在键盘前敲字的时候，刻骨铭心的依然是亲情、友情和读书。穿越四十年而不变，大概就是真的了吧。

故去的事情，不解释，不诅咒。希望你和我一样。

早看鲁迅先生的文章就好了。遇罗克说："所谓不朽，就是在后代中引起共鸣。"

鲁迅先生在《导师》里说："青年又何须寻那挂着金字招牌的导师呢？不如寻朋友，联合起来，同向着似乎可以生存的方向走。你们所多的是生力，遇见深林，可以辟成平地的，遇见旷野，可以栽种树木的，遇见沙漠，可以开掘井泉的。寻什么荆棘塞途的老路，寻什么乌烟瘴气的鸟导师！"

看我文章的，大都是我至亲的人。我愿意这么想，也愿意这么说。给我留言，我是极其愿看的。

前年，我花了很大的一笔钱，买了一辆德国造的长途旅行自行车，有夜行灯，有驮包，有坚硬的货架。但现在，它只静静地困在屋子里，再也不会有搭车的人了。心痛。

2008年，也是这样一个夜晚，也是在父亲节前，我第一次在键盘上敲字。小吴爽留言说："温柔的心被你悄悄隐藏，愿母亲安息，愿父亲健康。"心痛！！！

2016年12月2日

老炮儿

曾经热闹的电影。

曾经的六爷，风光过四九城，当然是指北京。到岁数之后，蛰伏在胡同深处，遛鸟，管闲事，发牢骚。卷入儿子与别人的纠纷中后，重出江湖。重新出山之后，发现江湖已变，风光不再。

市井人物的故事。

我说的和同名电影说的不是一回事儿。

我的同学闫，我一直称他为闫队长，这是他在监狱里的职务。监狱是很神秘的地方，当然是对普通人而言。

毕业15年之后，偶然的机会，我们又在一起待过一段时间。那时候，他常常是微笑的。

经常有好奇的人问监狱里的事。他也是微笑的，但很少回答。

他所在的监狱关押的全部是重刑犯，不少穷凶极恶的人物。

闫队长说过越狱犯的事儿。

越狱犯是抢劫杀人入狱。抢押款车，入狱后脱逃。闫队长参与抓捕过两次。一次去该罪犯的老家，到其老家之后，闫队长发现自己的手枪打不响。再有去其家里蹲守，同事也紧张，闫队长先睡了会儿。"手枪打不响不急吗？"闫队长说："同去的好几个人，好几支枪呢，这支不响，那支响，总有响的。"之所以睡一觉，是急也没用，赶上再干不迟。说得轻描淡写。

闫队长现在不穿制服了，当律师，跟各色人等打交道，排忧解难，游刃有余。我们关系一直很好。

还有一个监狱的老警察，跟闫队长不是一个单位，但工作时间更长，赶上了20世纪80年代的"严打"。"严打"即"严厉打击刑事犯罪"，是特殊时期所采取的非常行动。犯人多往新疆送，但新疆的监狱新建的多，经验不足，老警察"传帮带"一段时间。押送犯人的火车一到站台，老警察说，你看过《瓦尔特保卫萨拉热窝》吧，像极了里面的一个场景：萨拉热窝的公民们！就是那样。不过喊的内容是：所有人犯听着，遵守规定，否则……老警察说："那时候，我才感到威风，我穿着制服，心里都紧张，你想想那场面。"

老警察有时候也感叹："我这辈子，只有一样本事，就是用一米长的绳子，能把罪犯捆得跟粽子一样。"

我和老警察分开后见过两次，有一次是到新单位找我聊天儿。到现在已经七八年了，他大概退休了吧。

和我同村年龄相近的一个伴儿，念书去了铁道学院。毕业后当乘警，就是铁路警察。念了三年书，只有一年文化课，剩下的两年，全部是擒拿格斗，光是身体素质就练了半年。那是需要实战的！

毕业实习的时候，在北京站。因为人手紧张，他一个人就看守了300多个嫌犯。一个人，一根警棍，1：300。有骚乱苗头的时候，首恶必办！这是超出任何电影导演想象力的真正的警匪片，这是国家机器上一个普通螺丝钉所独自面对的生死场！

最惊险的一次，是他和同事追一内蒙古籍的逃犯，逃犯是个摔跤手。在月台上，他同事先上去，每每追上，同事的手刚一搭上逃犯的肩膀，即刻被摔倒。重复了两三次，他明白，遇到对手了！改变战术，猛踹！一招制敌。同村的伴儿说，没有第二次，有第二次，我就让他废了。

以上三个人，在叙事的时候，都有共同的特点：淡定，从容。

这是经历过生死的人的特质！

我有过一个同事，转业军官，在部队的最高职务是指导员。开汽车，运输导弹的汽车。头发总是梳得整整齐齐，写的字又快又好。会议记录从不涂抹，干干净净。我问过："长官，咋整的？"长官说："练的。在部队的时候，连队出车，有一辆车不回来，我也睡不了。半宿半宿地熬着，只能抄书。"

有一次，他打破惯例，说了一件事。他说每次运导弹前，必须事前规划好路线、时间，保证按时到达集结地。不能快，也不能慢。更不能更改路线。因为天上有卫星，卫星飞过是有时间段的。中途遇地方稽查，出示证件、命令后，仍不放行。当然，车是经过伪装的。 再三交涉无果，长官发了狠，把冲锋枪顶上了火儿，地方人一看子弹上膛，来真的了，即刻放行。长官说："那不行，我把事情经过写下来，你得给我签字。"

我问他如果那人真看了怎么办？长官说："没办法，军事机密，真看，我真崩了他。耽误了事，我上军事法庭之前，我也得崩了他。军令如山呀！"

长官还参加了1984年的大阅兵，开车的全是军官，排山倒海一样地开过天安门。说到最后，长官垂下眼，说："你知道我受了多大的苦？战车的轮胎我就擦了半年！"

我听过这么多的故事，今天还把故事写出来，那么，你猜，我还看不看那部名字叫《老炮儿》的电影？

有个劳动模范叫郭明义。我在所有肩披花的光荣榜前永远是行色匆匆，直到有一天，看见郭明义的一段纪录片。没什么特别的，在工作的通勤车上，郭明义对着不多的工友，背诵艾青的诗《我爱这土地》。

假如我是一只鸟，

我也应该用嘶哑的喉咙歌唱：

这被暴风雨所击打着的土地，

这永远汹涌着我们的悲愤的河流，

这无止息地吹刮着的激怒的风，

和那来自林间的无比温柔的黎明……

——然后我死了，

连羽毛也腐烂在土地里面。

为什么我的眼里常含泪水？

因为我对这土地爱得深沉……

映着诗的，是郭明义常年劳作而赤红的脸，还有，那不多的几个工友陶醉的笑容。

真正的中坚力量，只能是组成队伍的一个个分子。荣誉不会永远罩在沾名者的头上。大至国家，小至集体，不死的人只能活在活人的心里。

鲁迅先生说："我们自古以来，就有埋头苦干的人，有拼命硬干的人，有为民请命的人，有舍身求法的人……虽是等于为帝王将相作家谱的所谓'正史'，也往往掩不住他们的光耀，这就是中国的脊梁。"

2016年3月23日

送你一匹马

每次去找杨大夫治疗，都要花费六个小时左右。

时间几乎均等。去的路上两个小时，治疗两个小时，回来两个小时。

《爱一本书超过十年》发文后，同学吕问我，她也看过，问是不是同一本书。

是同一本，张立勇拿来传看的。《送你一匹马》，我记得的是蓝色的封面。吕说29年了，是的。1987年，记了一下时间，又查看一下今天的日子，张立勇离开人世共23年零一个星期，1993年3月17日。

他算得上是个有情有义的同学。那年的清明，几个人还去了他的家里，但找不到他的墓地，当时的约定也没实践。约定都模糊了，更不要说实践。

我去殡仪馆见了他最后一面。他的父亲也在。妆化得很粗糙，场面惨烈，不能再讲。单位的人也在，表现很紧张。衣服是新的，全部打开了看，腰带也是新的，系得紧。他家的叔叔说，人都这样了，松开一点儿吧。告别室很狭窄，时间也短暂，和人世一样。

今天去医院的路上，照例在报摊买杂志，一星期两次。星期一的时候，还有两三本新的，星期四的时候，挑选的余地较小，今天不例外。只买一本，北京文学月刊社出版的《中篇小说月报》。封面是蓝天下的梅花，印刷得很好，天空湛蓝，梅花娇艳，和我老师今天发的图片一样。一共七篇小说，五篇标题似曾相识。他们是《出京记》《春风沉醉的夜晚》《梅子黄时雨》《三岔口》《非洲三万里》。打动人心的文字是共通的。

我也借《送你一匹马》来回忆我早亡的同学。

因此，我回来的路上，进新华书店，特地买这本书。同购的，还有连环画《新儿女英雄传》，共花费102元。

今天买的这本《送你一匹马》和记忆的那本已经不太一样了，厚了不少，但没有《蓦然回首》这篇文章，多多少少有些失望。封面是灰白色的了。

这本书里同名的文章是写给女作家陈喆的，她的另外一个广为人知的名字是琼瑶。文章的开头是这样的一句话：陈姐姐，"皇冠"里两个陈姐姐，一个你，一个我——那些亲如家人的皇冠工作人员这么叫我们的。

当年看的时候，心里真的有点儿感动。

现在还让我有点儿感动的，是这样一段：你知道，你刚出书的时候，我休学在家，那个《烟雨蒙蒙》正在报上连载。你知道当年的我，是怎么在等每天的你？每天清晨6点半，坐在小院的台阶上，等着那份报纸投入信箱，不吞下你的几百字，那一天就没法开始。

嗯，跟我现在看鲁迅先生的文章的心情一样。

画连环画的贺有直老先生去世了。本来想买他的巨作《山乡巨变》，太贵了，改买《新儿女英雄传》，这是我看的第一部小说。上小学的时候，连环画也占据了我很多的时间，那时我们叫它小人书。怀旧一下，没什么不好。

简单写这些，算是我对吕同学的一点儿交代。

2016年3月24日

我的信用

大约十年前，因为同事的推荐，开始用信用卡。我也可以超前消费了。

额度不大。同事说，只当消遣，接受新鲜事物。我欣然开始接受。

购物用了几次，买内裤之类，也按期还款。

后来，由于单位的变动，路途的遥远，超期了几次。我十分不以为意，然后是接到账单。有几次我也有些愤怒，还款之后还有滞纳金，无休无止。

再后来，我停止了信用卡的游戏，还清了所有欠款，清空了账户。一拍两散。

但事情远远未完。

后来因为急用一笔钱，同事又推荐另一银行的信用卡。同事和银行全是新的。危机之中，希望重燃——主要是职业的信用度高！

再后来，银行通知我，我有不良记录。贷款取消，爱莫能助。同事揶揄我很长时间。唯一聊以安慰的是，同事的信用卡也未能如愿。他比我的不良记录更多！扯平了。

事情过去几年了。

我的经济状况又遇到问题了，想到的还是信用卡。这次额度更大，还可以变现。但我的不良记录仍在，银行仍旧爱莫能助。

这次我的心里风平浪静。也就这样了吧，实在坏不到哪里了。

每次发文，我总写几句我自认为得体的话，算作引子，我也希望我的文字能够引起阅读者的共鸣。还有一件要紧的事儿：赶紧把文章凑够了数儿，结集成册。

至于是不是迎合、迟滞，则不是我所太在意的。所有的文章，也只是我的信用。所有的解释，全在文字里。

有人说，一地鸡毛。

我信。全是片段。在这些片段里，也有带血的痕迹。有些是我内在的心路，有些是远去的背影，有些是发誓再不见面之后难言的苦衷，当然，也有天空、旅途、花草和树木。

有人瞻仰皇陵，有人凭吊荒冢。

我以前说过，我的文章，登不了大雅之堂，只是一个窗口，供好友窥看。

河畔的森林公园，一度成了乐园，是中年人的乐园。我从住处出来，经过果园、麦地、林场，穿过如带的潮白河。天气好的时候，在闸桥上北望，可以看见黛色的燕山，起风的时候，黛色的山下就是荡着碧波的河水，我宁愿相信山是黛色，水不断流。

最可惜的是河边的路。树木未伐的时候，浓荫蔽日，酷暑的季节，依稀是通往清凉界的栈道。

昨日，我在通往公园的路上，遇见过去的同事。很老的同事，老太太了，精神仍好。10年的时间，仿佛昨日。聊起过往，仍有些激动。做同事的时候，值班我们是一组人。我只记得她打毛衣，仿佛永远打不完。话题还是同事，我打听到某个同事的时候，她会说："不用打听啦，人没啦。"如此的内容，打断了三四次。

10年的光阴。光阴，过客，物是而人非。

然而人间终究是可依恋的。公园里人不多，可以看花草和树木，可以看一家三口之中小孩子的笑脸，有时还能听见震天的锣鼓，看见不甘寂寞的老年人。当然，最要紧的是走路。

以后如果还有要紧的事儿的话，只剩走路和看书。

《鲁迅全集》一共六册。白色的封面，封面上是手夹香烟的肖像。一至四册的封面有些污渍了，这一段时间翻看的缘故。五六册还清爽。

凡看过的文章，都用铅笔画了重点，有时是整段的话。看到像"世界上实在又有各式各样的运气，各式各样的嘴，各式各样的眼睛"这样的话，后面的脊骨也发凉；看见"'灭绝'这句话，只能吓人，却不能吓倒自然。他是毫无情面：他看见有自向灭绝这条路走的民族，便请他们灭绝，毫不客气"这样的话，也反省；看见"还记得三四年前，有一个学生来买我的书，从衣袋里掏出钱来放在我手里，那钱上还带着体温。这体温便烙印了我的心"这样的话，心里也感动。

到现在的年龄，没有哗众取宠的必要。我已经没有什么要紧的事情了。

所以，有些活动不参加，心里也不焦躁；有些场合不见面，也属正常。辜负了许多人的好意。抱歉。很多的人，在我心里占据过很大的一片位置。我不希望这曾经的位置，成为我现在心里的阴影。

我不喜欢被胁迫。有过几次了。尽管我有过不良的记录。

我续写的信用，无非就是让老迈的父亲被赡养，未成年的闺女有依靠。这两点，有很多人见证。

2016年3月27日

周围的人

休息日。晴天。有微风。

乘车无障碍。进书市有点儿麻烦。

书市设在一公园内。我从未想到公园如此之大，离车站如此之近。5元门票，排队购票以进书市者为多，从表情上即可观察。增加售票窗口之后，人群还有一点儿轻微的骚动。

进入公园后，并无路标指示，仅见书市宣传的旗语，对大多数的人而言，并无用处。像极了某些事情，天上一脚，地上一脚，教人心生绝望。问询工作人员，答：照直走就是了。

费了周折。

书市在一岛上。所谓的"岛"，是四周有桥，过桥才入。桥头有安检，打火机没收，但岛上有饭馆用明火做饭。

进入之后，遇见成排连片的书摊，心里长舒一口气。方才的舟车、周折，都不是磨难。

我曾购过一本钢笔字帖，作者无名气，但字体灵动。作者说："一个字，只要一个笔画有改动，一篇字，只要有几个字写得好，都会有奇效。"他对大部分的字帖有些不屑，说是有"匠气"。确实说得好，写得也好。

字帖早已不知去向，我也没写出一手灵动的好字。

自从开始读鲁迅先生的文章以后，一直在寻和先生有关的书。网罗的专家作品，看后多少有些失望。有作者称先生为"鲁夫子"，更让人失望至极。

来书市是碰运气的。来往于书摊儿间的各色人等，都可以称为读者。没看见过作者，书摊儿也不是仅仅几张桌子，有帐篷，可以遮正午的阳光，有书架，各种图书一目了然。还是旧书摊儿前人多。售书的人，多数是天南海北的口音，书架上也没有统一的、明显的价格标示，但只要你的目光从书本挪开，书贩马上会觉察，并趋近你——知道你要询价了。书贩和书商是有区别的，阿累的《一面》里内山完造的传神的形象是没有的。你稍一表示异议，书贩马上就告诉你搜罗旧书的不易。无一人讲述书的内容，语言枯燥。

周围的人，有喋喋不休的，还有自言自语的，更多的是沉默不语的——拎着一捆一捆的旧书。

同样的字帖没找到，有些遗憾。

与鲁迅先生长期通信的曹靖华，在《鲁迅书简——致曹靖华》一书的代前言里，说得不能不算情真意切，但在结尾写道：珍藏手稿库的门口，有伟大领袖毛主席培养的，对中国人民革命事业最忠勇的人民解放军战士，年年月月、日日夜夜、肃穆庄严地守护着。正因为这里珍藏着伟大领袖毛主席所称道的"向着敌人冲锋陷阵的最正确、最勇敢、最坚决、最忠实、最热忱的空前的民族英雄"的手迹啊！正因为这是先生遗留下来的天地间唯一的一份手迹啊！

这段话现在看起来，不像心声，更像是一份作业。

购《纵横》杂志1985年总5—8期合订本一部。《纵横》杂志1983年创刊，是全国第一份集中发表回忆录的期刊，纵览百年历史风云，横观人生社会百态。看过多年，也已多年不看。合订本里有一篇文章提到一个名字：邱相田。在文章里他是新四军特务团的政委。我觉得名字很熟，问我父亲，我父亲答："济南军区装甲兵的政委。1955年的少将。"名字在我父亲的士兵证上看见过，这就是活生生的历史。

当然，最欣慰的，还是买到了许寿裳写的《我所认识的鲁迅》，薄薄的一册书。作为鲁迅先生最亲密的挚友，回忆鲁迅先生的文章写得真挚而感人。没有任何时代、社会的隔阂感、疏离感。曹聚仁先生曾经对鲁迅先生有一句玩笑话，说给鲁迅写传记，"我是不够格的，因为我不姓许"。鲁迅先生听了之后，笑着说："就凭这句话，你是懂我的了。"曹先生接着说，鲁迅先生平生有五位姓许的朋友，三位男的：许季上、许寿裳和许钦文，两位女的：许羡苏和许广平。

许寿裳在章士钊将鲁迅免职后，于1925年8月25日在《京报》

发表《反对教育总长章士钊的宣言》，文中言辞十分激烈："寿裳自民元到部，讫于今至，分外之事，未尝论及。今则道揆沦丧，政令倒行，虽在部中，义难合作，自此章士钊一日不去，即一日不到部，以明素心而彰公道。"这宣言既是对章士钊的猛烈抨击，也可以看作是一个辞职的声明，也可以说是为朋友而两肋插刀之举。

这位与鲁迅先生有35年友谊的朋友，可追忆的事情不胜枚举，但在个人方面的事实，却是深情凝于笔端。在《鲁迅的思想与生活》自序中，作者写：

一九一四年，我的长儿世瑛五岁，我便依照吴越的乡风，敦请鲁迅做开蒙先生。他只给瑛儿认识两个方块字：一个是"天"字，一个是"人"字。这天人两个字的含义实在来得广，世上一切的现象（自然和人文），一切道德（天道和人道），可说包括无遗了。

又写：

鲁迅最怕酬应，大抵可辞则辞，独对于我长女世琯的结婚那天，即一九三五年七月，居然偕景宋挈海婴惠临，而且到得很早。后来才知道他为我曾费去了很多的光阴，说"月初因为见了几回一个老朋友，又出席他女儿的结婚，把译作搁起来了，后来须赶译，所以弄得没有功夫"。我对于他的光临，觉得非常荣幸，对于损耗了他的宝贵的光阴，又觉得非常抱歉！

文章写到这里，仿佛无法继续了。

购书的第二天，认识了20年的一个同事兼兄长聘闺女。我们认识的时候，闺女刚读小学，那时候见面，闺女还牵他的衣角，躲在身后。现在都要结婚了！家宴。极少的几个人。也吃了酒。我说，我们是异父异母的亲兄弟。笑过之后，继续喝酒。

《二十年以前》的词是这样的：

雁子飞到了遥远的地方，你的名字我已想不起来，云的那边什么也没有，不过是梦一场。也许会再见，记得提醒我呀，二十年以后。

在微漠的人间，除了读书以外，除了走路以外，只剩下周边的几个人。

2016年4月19日

故家

有些事儿是很奇妙的。

老屋所在的院子，占地有一亩半之多。原来处于村子的中间地界儿。村子扩大之后，现在属于村南了。南北两条街，东边是胡同。胡同又把东西街分成两半儿。东西街的两头是窄的，到我家之后变宽，恰如一条船。据说，原来的日子是好的。据说的日子是什么时候，我也说不清。后来，为了吃水，在我家院子的东北角挖了一口井，整条街的人家都吃这口井里的水。我小的时候，井还在——但已经干涸了，井底是乱石。

把街比成一条船，那井呢？只能说，船底凿开了缺口。

院子是我姥爷传下来的。他生于1900年，那当然不是个好年景，八国联军进了北京城。

院子不是正方形的，西南方向缺了一角儿。前院儿的二姥爷一家住过，三间房。所以整个院子变成了"刀把儿"型。照老说法，不好。或者说，也可叫凶宅。我姥爷活着的时候，住在院子的西北角儿，在二姥爷家的后面，也是三间土房。院子东面近一亩的辽阔地，是菜园。

院子里的土质很奇怪。凡是榆树，就长得苗壮；杨树，就萎靡不振。但隔着胡同的人家，全是高大的白杨。除了榆树，就数椿树长得好，枝干粗壮，但不能上人的。枝干脆得厉害，稍一受力即折断。这两树种，皆无用处。

到我记事的时候，前院的二姥爷家已经搬走，但隔墙仍在。我姥爷的三间土房也早已不见踪迹。说过很多次了，他在我出生的前一天辞世。院子的西边，只剩下两个破落的小院儿。

我父母倾尽心血造的房子，有五间，仍然很不成格局。偌大的院子，五间房，东不到边儿，西不到头儿。开北门，紧挨着胡同，每天必经那口水井。

因为是冬天造房子，所遇困难颇多。之所以在冬天造房子，是因为在农闲的时候，才有帮工。

房子的基础，是在村西五六里地之外的石山上所采的条石。采石的时候，先由石匠踩点儿，然后用凿子划印儿，凿出型，剩下的，就是由帮工们用钢钎、绳索、滚木，从山上运下来，用马车拉回家。

其时我父亲正值壮年，他的蛮力展示给了许多人看。他很少说大话，极少的时候，谈起某个人，说，他不行，在山上掀石头，他根本站不住！

青砖墙的房子，有很多的秘密。青砖只是外面的一层，里面用的是土坯。砖是不够用的。土坯用黏土和碎麦秸秆或碎山草混制而成，一块土坯顶数块青砖。外面用青砖里面用土坯，坚固而保暖。两侧山墙的中间部位，用水泥块填充，又节省了一部分青砖。只是，好处再多，也掩盖不住当时经济的拮据。多添几块砖头，很可能就是重压之下的最后的稻草。

找檩木也是想尽办法。东屋的木料用的就是院里的一棵老榆木。尽管粗大，但根本不堪此重任。十几年间，它不断地在变形，终于影响到了房子的质量。20世纪80年代末，我母亲又找木匠，用一根新木料将它换下。换的过程惊心动魄，即使强硬如我母亲者，也没敢看完而中途退场。操劳的木匠，既是匠人，又是勇士。稍一疏忽，就会房倒屋塌。

我上初中之前，一直和父母住在西屋的两间里。1976年地震，河北唐山的震波瞬间传到北京。慌乱之中，我母亲厉声要我父亲将我抢出，慌乱之下，我父亲抱着孩子夺门而出，到门外一看，抱的是我姐姐。我母亲痛骂不已。我睡在家里仅有的一顶蚊帐之下，扒开蚊帐的缝隙，自己摇晃着走出来。40年之后的今天，我还记得我母亲大喜过望之后的神情。

东、西屋之间，是堂屋也是灶间。两个灶头连着两屋的土炕。冬天的时候，炊烟连着温暖。灯光昏暗，水汽氤氲，晚饭之后，灶火的余烬，刚好将铁锅里的水温热，用瓢舀水，洗脸，烫脚，火炕也热，被褥干净。

猫、狗都有。有一段时间，猫和我睡。我趁母亲不注意，猫就在临睡之前，跳上炕，径直钻进我的被里。随着次数的增多，我母亲的检查越来越严，后来我索性将猫踩在脚下。我母亲一问："猫呢？"我就说："走啦。"结果掀开被窝一看，什么都没有。

后来，猫胖了。我也没在意。很晚了，家里有人串门，聊天。我母亲说，不许听了，睡觉。完了，又问："猫呢？""走啦。"串门的人还没走，猫就在我脚底下叫了。叫声不熟悉。我母亲掀开我的被窝一看，猫生猫崽子了。一，二，三，四，粉红的。我父亲找来纸箱，铺上草，给猫安了新家。

灶间还有一个大水缸。水缸盛满水，能用好几天。渴了，就用瓢舀水喝。做饭用水也方便，就在灶头的旁边。缸里有一尾金鱼，红色的。人、鱼共饮一缸水，相安无事，好多年。无人饲养它，就那么游来游去。小学快毕业的时候，我和我母亲在地里挖稻秧，有飞机在头顶来回地飞，很土气的飞机，草绿色。旁边有人兴奋地说："打农药的，叫飞防。"飞机防治病虫害也。

回家后，揭开缸盖喝水。金鱼死了。

农家的生活，既辛苦，又幸福。每一口吃食，都是劳动所得，因为辛苦，所以美味。小麦收割之后，晾晒，归仓。去家后面的加工厂磨成面粉，加工之前，须将小麦倒在一口巨大无比的铁锅里水洗，洗净之后，铺在席上，用毛巾擦，擦净之后，借正午的阳光晒干。然后磨面。车间里的噪声和粉尘都是人体承受的极限。面粉的等级可以自己决定。小麦成粉之后，仍须晾晒，然后就可以食用了。各种面食，悉由尊便。

我母亲经常做的，是葱花饼。把面和好，等几十分钟，在大案板上把面揉软，成长条形，然后拎起来，一圈一圈地压下去，用擀面杖擀成一个巨大无比的扇形，涂上猪油，加盐——擀碎的大粒盐，把切好、腌好的葱花放进去，加五香粉，再一层一层地裹起来，用擀面杖擀平，然后放进大锅里烙。我给她烧火的时候，一边看着灶底，一边看着锅里，诱惑太大了！这是无上的吃食！世间再无存在。

前几天，吃了一次外卖的葱花饼，有尸味儿。

看老宅子的次数是固定的了。一年两次：一次是在清明，一次是在我妈的忌日。

每次从村里民宅经过的时候，我愿意看老屋。破败也好，顽强也罢，总之愿意看。

那院子里，那屋子里，肯定有过辛苦劳作的、用自己的羽翼庇护过儿女的伟大的父母。早逝者尤其伟大。

写在母亲节前。

2016年5月30日

天空之城

因为要找几句话，翻了翻故纸堆，厚厚的一沓，纸页折角，字迹凌乱。

要找什么，心中并无答案，也可能只是随便看看。潦草带来了很多麻烦。钢笔写的，铅笔写的，乱得很。

有一页还算清晰，是一堆的题目。年初写的。是那时候的计划，大概有十几篇：《不变的影子》《鲁迅先生》《读书》《寻医记》《故人死》《白色的狮子》《苟富贵》《古文观止》《至少还有你》《传奇》《野百合也有春天》《对自己的交代》等。

除了《寻医记》是以本来的面目出现过，其余的都没写。写过的都是以其他的标题示人了。

《鲁迅先生》是写不了了。据说全国研究鲁迅的学者有两万人。看完所有的文章，除去原著，我的余生是不够用的。何况，我的余生，还要除去那么多荒唐的人和事。

李静要写一幕鲁迅的话剧，她给自己定的期限是一年；半年看书，半年写作。可越看书，越心虚，越觉得以前了解的鲁迅并不是真正的鲁迅，越要看更多的书。只看《鲁迅全集》那是绝对不够的，《许广平文集》也必看，他的兄弟、挚友、学生、对头、同志，跟他有来往的女人，跟他感情很好后来又翻了脸的人，他的外国朋友，那些人眼里的他是怎样的呢？

李静说："贴心贴肺用了一段时间——这时读《死火》会哭，念《故乡》和《社戏》会哭，翻《写于深夜里》会哭，看他给曹白、萧军、山本初枝的信，更会哭——当然也笑，他的杂文和信，常常是很逗的，但我感到不如哭来劲，不哭不足以发泄我对这性感小老头痛到骨头里的爱恋。"

我判断李静是女性作者。

三年时间，李静才写完了近三万字的《大先生》剧本，《天涯》杂志破例发表了它。

这个一辈子不离开书桌的人，该是怎样的一个人啊？

还有一个从20岁就困在屋子里的史铁生。心生疑问的人的疑问是：他哪来那么多可写的？史铁生回答："白昼的清晰是有限的，黑夜却漫长，尤其那心流遭遇的黑夜更是辽阔无边。如果说历史可由后人在未来的白昼中去考证的话，那么，写作却是鲜活的生命在眼前的黑夜中问路。"

其余的题目，已经根本想不起要表达什么了。

精神和肉身，总有一个要在路上。

川西高原。

一路之上，尽是悬崖和流水。过了马尔康，仍是悬崖和流水，道路崎岖。悬崖叫不上名字，流水知道了：大渡河。

仿佛无穷无尽的路。

暗夜将来的时候，无边绿草之上的斑斑黑点缓缓移动，是牦牛。

目的地海拔近四千米。在那个据说是世界上最大的信徒的聚集地，环视四周，有人惊叹她的震撼，我只感到她的烟火气——狭小的居所，脏的街道，虔诚或不虔诚的游客。

山下，是弯曲的、永远流淌的色曲河。

下决心的理由，只是听了一支歌：《天空之城》。

前天，因为一点琐事，去了城里。街道上，一轮椅上的老妪手指指天，口中喃喃自语，近了才听清，只有两个字：救命。推轮椅的人面无表情。匆匆之后，街坊说，喊救命的老太太又过去了！

仿佛一种仪式。

回来的车里，遇见两对母女，共三人。小女孩三四岁，不漂亮，却好动。她问姥姥："我姥爷呢？"姥姥回答："在家干活呢。"

"可是我想他了。"一会儿她又转过头对她母亲说："妈妈我也想你了。"

"好了，一会儿就到家啦。"

最后的这个故事，才是今天我想说的。

2016年9月20日

小学生

　　我长大的那个村子特别小。我没离开家的时候，统共有三条街道，百十来户人家。民风还算淳朴。村里人都是苦干、实干，比其他的村子里的人，生活殷实，但殷实的前提是苦干和实干。据说，方圆附近的闺女都不喜欢嫁到这里，原因就是累。

　　孩子嘴里的地名也都实在：南边儿、菜园子、东上坡、房后头、木头场儿、西洼，等等。南边儿即村子的最南面，与邻村相隔一条大水渠；北面是菜园子，有几十亩菜地，供村里人吃菜；东上坡是果园，戒备森严，小时候的感觉仿佛是无边无际的铁丝网围着它。

　　南边儿是最常去的地方。夏天穿过庄稼地，到渠边，渠边的树木遮天蔽日，有水就蹚水，没水就在灌木丛里钻来钻去。

　　还是夏天好，夏天也能去菜园子。正常场合去是买菜，父母劳作回来，给孩子几分钱或几毛钱，飞快地跑，照吩咐，无非就是豆角、茄子、茴香之类，刚从地里采摘，就码放在荆条编成的菜案上，清香入脾，更不说还带着水珠和泥土。

蔬菜和庄稼之间的界线是篱笆墙。篱笆墙的附近，是一棵大柳树，足有合抱，树叶是青的嫩绿色，半透明，很小，但树木粗大，树枝一枝一枝地垂下来，风来的时候就摇动，沙沙地响。这响声，是我现在才想起来的，当时，根本无心体会。

树下，是一眼水井。清水长流。水流的通道，是一条小毛渠。时间长了，渠边有苔藓。人走在渠边，一不小心就会滑倒。渠里面有水草，水大的时候倒伏，水小的时候站立，就那么顽强地倒伏和站立。

大柳树也是个瞭望台。在丫杈中间钉上木板，顶部铺上茅草，即可用于观察四周。但很快被孩子们占领，这是大人们万不能料到的。树上的孩子一预警，菜田里的就慌成一团，也不择路，四散奔逃。有一种豆角，叫豇豆，长长的垂着的那种，吃着十分不舒服，嘴边青一大块儿。茄子也不好吃。

小学学校就在我家屋后。从家里出来，向西不到三十米，就到校门口。也只有校门口，没有大门。一直没有，真正的开门办学。

上小学的第一天，早晨起来，背起书包，去学校。书包是我妈缝的，新旧忘记了，也可能是我姐姐用过的，但肯定是我妈缝的。书包里只有一个铅笔盒，铅笔盒里只有一支铅笔。学费两块，这是小学生的全部家当。时间是1977年的9月1日，日子是我以后按照上中学的日子推算出来的。

这也是国家恢复高考的第一年。据说，高考的卷子，用的是印《毛泽东选集》的纸。上小学之后，作业本得老师预定，过一段时间才来。

小学学校我并不陌生，之前我在那里上过幼儿班，那时候不兴叫幼儿园。老师全是村里的女青年。左邻右舍的，不叫姑姑就叫姨。村里的食堂管早饭，上午9点左右，一人发一个馒头。领馒头的工具是一个小竹筐，姑姑或姨千叮咛万嘱咐，可把人数记好喽，路上紧张万分，飞奔去，飞奔回，嘴里念叨的全是数字，馒头吃到嘴里，心里长舒一口气。

一年级，学拼音，学数数，学数数就用小木棍，好一阵折腾。一放学，街道上的各个角落里都有写作业的孩子。

教师的成分也复杂。有公办的，有民办的，后来还有顶替接班的。年纪轻轻的，教不了课，就打下课铃。

冬天最难过。早晨要生火。好几次，月亮明晃晃的，其冷无比。几个孩子互相叫早儿，从家里出来，有的拿报纸，有的拿火柴，有的拿秸秆，到教室就可以干活啦！先把报纸点着，把秸秆塞进炉膛，不保险再塞木柴，火苗大了，放煤球，就大功告成了！通常的情景是：同学都到校了，除了一屋子烟，还是冷。老师来了，先摇头，然后自己干。上自习的时候，老师经常坐在火炉旁抽旱烟。

教室前，有一棵大树，树上架着大喇叭，我们经常站在树下，排队，打针，接种疫苗，听自己同学写的表扬好人好事的作文。我一直觉得，听小学生写的作文是最痛苦的事，无中生有，千篇一律。老师的痛苦可想而知。

操场很小，但五脏俱全。篮球架先是木质的，后来换成铁的了。严寒的日子，有同学说，用舌头舔篮球架能粘下一层皮。有的信，有的不信。我试过，舌头疼了很长时间。

土地是块宝。操场还可以用以勤工俭学。挖坑，育秧。底下用火烤。成本低廉，人工可以忽略不计，都由学生干。

操场虽小，用处颇多。开会、活动，有一年还来了杂技团，也借用小学的场地。开场之前，我们还从别处搬了许多砖，当表演的道具。演员来了，是坐马车来的。演员表演杂技、气功。观众是村里的百姓。开始还好，等表演气功的时候，村里的一位大叔大概中午赴过宴，趁着酒气，一挥手，也表演了一次单手开砖。男演员愣了，也一挥手，给村里人一个大耳光。最后，表演成了互殴，参演的除了演员，还有村里的马车把式、饲养员、拖拉机手等，小学生成了观众。最后那个男演员衣衫褴褛，目光呆滞，浑身是伤。

认字多了以后，开始看《中国少年报》。三年级还是四年级，报上刊登了勇救三名少年于铁轨上的戴碧荣的故事。放学回家，听说街坊死了，马车轧死的。心里的感觉非常奇怪。街坊是个笑呵呵的小老头，身材矮小，其貌不扬。唯一的传闻，就是他能说一口流利的日语。这样的一个人，就这样，死了。

老师还组织我们去过西洼地。西洼地是水田，是村里用旱地和邻村换的。专门种水稻。种了水稻，村里人就可以吃上大米，路不算近。正是插秧的季节，地里在试验插秧机。人工插秧是不可以直腰的，越直腰越累。插秧机有旋转的刀片，旋耕，后面把秧苗栽下去。小学生来了，给小学生讲讲插秧机也好。负责人从地里出来，蹲在高处，膝盖以下是一处明显的刀痕，肌肉翻转，像小孩儿的嘴一样，张着。模样是笑呵呵的。就那样任着鲜血流淌。说的什么完全忘记了，现在的记忆只有那处伤口，汩汩地流着血。

识字更多以后，看《新儿女英雄传》，屋里屋外地看，全是傍晚时分，把眼睛看坏了。我妈让我吃鱼肝油，吃了很长一段时间，没见任何效果。

我姐姐比我大五岁，她订《中国青年报》看。靳大鹰写过报告文学《谁来保卫2000年的中国》，在《中国青年报》上连载。文章里说，一个小学毕业的青年参加海军，到了舰艇上以后，看到密密麻麻的仪表盘，急得直哭，根本读不懂。我看了以后，比作者还着急。慢慢地，村里参军的青年，再也没听说谁去参加海军和空军。海军和空军只招城市青年。再以后，有军校了。现在，我也能长出一口气了。

五年级之前，班里开会，动员学习不好的同学留级。可老师又说，吃嚼过的馍没滋味。我心想，留级不就是把没嚼烂的馍再嚼一次吗？可是没敢说出来。也没留级。

那段时间真漫长。

五年级之后，高老师教我们了。她真的对我很好，学习抓得也很紧。我妈说："高老师早教你就好了。"五年级我还去中心小学比过赛，去了几次，都空手而归。好几百人考试。我们班才18个孩子。

世界真大。

临近毕业的时候，去照毕业相片。高老师说："你组织好了，安全去，安全回。"去一里外的镇上，唯一的一家照相馆。

相片洗好了。眉清目秀，眼神清澈。

现在，照片早丢了。

2016年10月22日

似是故人来

我睡的床，和阳台的隔墙大概有一米半的距离。

以前，入睡之前，看一眼脚下，是各式各样的破烂什物，鞋盒、整理箱之类。时间久了，看得人心生反感。设计，置一书桌。

一米宽的书桌不好买。跑了几处，一处已倒闭，一处还开张。倒闭的那处外表还看不出来，待停好车，上得台阶，才发现已改弦更张，顿感人生无常。匆忙到下一处，果断出手，花费300元。

在进门的第二家成交的。成交的原因只是第一家的人说："您看您需要点儿什么。"不知道为什么，我这样讨厌这句话。

其实第二家说的是同样的一句话，但心里已经不怎么讨厌了，还聊了几句。问我："您多大岁数了？"我说："快60岁了。""哎哟，您长得可真年轻，看着也就40多岁。"

说得我心花怒放。明年我就47岁了，但长得年轻。

书桌摆好了，不伦不类，书都没咋看。

今天把电脑拿出来，上面有浮尘。现在，就在有浮尘的电脑上面打字。

近期去的比较多的地方有三处：裁缝铺，理发店，医院。

去裁缝铺主要是改裤子，裤腿去掉一大截儿。夏天发现的秘密，凉快极了。心里想：以前夏天穿长裤多傻啊。

从夏天改到了冬天，但问题来了，有点儿冷。

德国造的长途旅行自行车只用过一次，在最热的时候去山里。热身，热到一半的时候，膝盖不行了，刀割般的刺痛。返程途中，买镇痛剂，一路喷回来。

自行车不能骑了。

骑行服还在。把裤裆处的硅胶垫找裁缝去了。材质真的好，穿在里面，冬天的裤子短了也不怕。真是最伟大的发明！

理发店是新近开张的，就在我住处的斜对面。开始是一个伙计，有文身，但长得和善，现在是两个伙计。第一次剃短发的时候，心里想：以前留长发真傻啊！

现在问题也来了，短发要经常剃。间隔已经缩短到一星期一次了，费用已经从每次10元增加到15元了。每次付完款，心里都很满足，终于看见哥俩的事业做大了。

住处的正对面，是一家大医院。从前是以治疗骨伤而为人知。到处奔波的时候，跟着别人到过这里。过去的同事还在这里锯过一只脚。后来它萧条过很长时间，恢复之后，特色还在。

退行性骨病。我不明白什么意思。大夫说："通俗讲，就是你老了。"

我心里是不信的。

理疗单上全是术语：电蜡疗、脉冲短波、微电脑疼痛治疗。

穿过悠长悠长的走廊，到尽头，就是治疗室。疗效很好。在病床上向外看，外面是灰蒙蒙的天空。心里想：余生也就这样了罢。

护士和人聊天说："诊室是以前的太平间改造的。现在外面那间还是太平间呐！"

我听了，内心相当平静。

书桌的旁边，是《鲁迅全集》。坐在先生的书前，内心是无比的平静。先生看透了人间世事。这背后，就是平静。在他的故居博物馆里，我在留言簿上写了字：先生的故居，应该是中国人的孔庙。先生的书，应该是中国人的圣经。

张宗子在《鲁迅的样子》一文的结尾，说："他也是一位慈爱的父亲，一个亲切的朋友，一个书迷和影迷，一个收藏家，一个享受着生活方方面面的快乐的人，同时绝望和孤独。"

我有过很多关系极好的同事和朋友，男女都有。职务相同、恰巧都姓周的时候，大家区分的方法就是男周和女周。没分开的时候，一见面，男周就问："还活着呐？"分开之后，就在电话里问。

和女周在一起值班的时候，常常聊天。现在想起来，好像是周末。傍晚，在单位的院子里，天气好得很。头顶是碧空如洗的蓝天，蓝天上有飞机航线的白色线痕，落日的余晖跳过西墙和食堂的屋顶，映在法桐的叶子上，脚下是柞木的地板，遮挡余晖的还有没爬满架的紫色和白色的藤花。

现在，都走散了，都很忙。

余华小说《活着》的结尾中，福贵老人唱道："少年去游荡，中年想掘藏，老年做和尚。"据说，这三句话，写尽了许多人的一生。

我怕也是写尽了我的一生。

绝望是那样地骗人，正如同希望一样。

文章是写给过去的同事和朋友看的。

过几天就是我闺女的生日了，也是写给她看的。到生日那天，她就满15岁了。我想让她知道我的生活，有过怎样的同事和朋友。

她上六年级的时候，有一次在大街上，可能是突发奇想，不走了。"你扛着我！"我咬牙蹲下，起立。旁人侧目，掩嘴偷笑。

走回家的路上，心里想：这是没办法的事。

现在，是真没办法了。腿疼。

再说，她也大了。

2016年11月30日

今天是你的生日

现在的时间是2016年12月5日的22点51分。15年前的现在，她已经出生9个小时又6分钟了。时间好像应该用汉字，但来不及改了。现在的心情，仍和15年前一样。

从她出生到15岁，我一直想一个词：生老病死。

我的心里一直有个阴影，说过多次了：在我出生的前一天，我姥爷去世了。就是说，我家的老宅里，爷爷是看不见孙子的。

即使我父亲算是入赘，这个家族依然没有脱离这命运。

在预产期前十几天，我母亲病了。住院，中风。

发病的时间在晚上，诊断完，已经是半夜。没病床，就那样僵持着。最后大夫说："有高干病房，80元一晚，住吗？"口气并不友好。15年以前，我的工资大概800元一个月。

"住怎么了？"

后来要溶栓，注射针剂。注射前，家属签字。我心里乱了：是要轮回吗？

并没有。我母亲住了9天院，还可以。我也在医院的沙发上坐了9个夜晚。她的母亲，托付在同事兼大哥的家里。

我母亲出院后，我的心里长舒了一口气。

晚上在老大家里吃完饭，我说："你再住一晚吧，我得回家洗个澡，好好睡一觉。"

临出门的时候，我在阳台上抽烟，电话响了，是姨家的四姐。聊了几句，最后说，姨父不太好，在急救中心抢救。

强打精神，奔赴城里，崇文急救中心。

时候又是半夜，老爷子躺在大厅的狭窄的病床上。白发梳得整整齐齐，呼吸平稳，手掌温热，有呼吸机。

已经脑死亡了。有呼吸机，能维持十天半月。

病房外，巨大的廊柱被座椅包围着，也被人包围着。所有的家属都在讨论一个问题：怎么办？

我觉得我所有的医疗经验都来自那个夜晚。

老爷子已经去世了。

下葬的前一天，我值班，很晚睡。

早晨四五点钟起，赶头班车去昌平殡仪馆。路途漫长，寒风呼啸，总感觉十几年前的天儿比现在冷。

都完事了。她也该出生了。

经历完产前的一些小波折，终于和她见面了！

绿色暗花、像包点心的小被子里，是我闺女！簇黑的头发。两只黑眼睛就那样看着我。

产房的对面，是护士站，有半圆形的柜台。从产房望出去，只看到一只钟表，黑色的指针。半夜的时候，消停了，只听见指针的咔嗒声。我一直觉得，那指针的咔嗒声，像极了一把刻刀，把这个小小人儿的模样，一下一下地刻在了我的心里。

没事儿的时候，一群男人在走廊的尽头抽烟。医生、护士过来过去地呵斥，就是没人听。人在极度狂喜的时候，估计拿枪顶着脑袋也没人怕。

更何况都膨胀的时候呢。

护士定期抱走去洗澡。洗完更舒服了。打呵欠，打喷嚏，头和我的拳头一样大，也会打呵欠，打喷嚏，真真不可思议。

在一块儿的有一对安徽的夫妇，生了一个九斤多的大胖闺女。出黄疸的时候，医生让把孩子抱到楼下治疗。男人说："我查过书了，小孩出黄疸是正常现象，过几天就好。"

我俩还特意到楼下的婴儿间去看了一下。里面哭声一片。护士拿奶瓶喂奶，哭声一停，奶瓶就拔走。

我俩对视一眼：不去！

现在，她15岁了。

基因的威力是多么强大啊！睡懒觉，散漫，桀骜。

数理化学得一塌糊涂，可是语文能考第一啊。

再说了，科举废除多少年了，考第几又能怎样啊。

我说："大不了，我的工资咱俩人花。"她说："你说话要算数啊。"

我愿意看鲁迅先生的书，先生的话说得清清楚楚：

一个农夫娶妻的时候，也决不以为将要放债。只要有了子女，即天然相爱，愿他生存；更进一步的便还要愿他比自己更好，就是进化。这离绝了交换关系利害关系的爱，便是人伦的索子，便是所谓"纲"。

有一段话说得明明白白：

我想种族的延长，便是生命的延续，的确是生物界事业里的一大部分。何以要延长呢？不消说是想进化了。但进化的途中总须新陈代谢。所以新的应该欢天喜地地向前走去，这便是壮，旧的也应该欢天喜地地向前走去，这便是死；各自如此走去，便是进化的路。

明白这事，便从幼到壮到老到死，都欢欢喜喜过去；而且一步一步，多是超过祖先的新人。

这是生物界正当开阔的路！人类的祖先，都已经这样做了。

这是先生1919年写的话！

我对我家族的事释然了。

特别俗地说一句：生日快乐。

2016年12月6日

香炉营二条

地名，在北京城的宣武门外。

通信的时候，地址是宣武区宣武门外香炉营二条28号。

按一贯的行事风格，我是轻易不会写到详细的门牌号码的，那曾经是我姨家的住处。现在写出来，是因为，在十几年前，那里成了一片瓦砾场，后来又成了高楼区。瓦砾场的时候，高楼区的时候，我都去过。从头条（不叫一条），到四条、五条，所有的胡同，都荡然无存。

再无市井气象。

在交通和信息都闭塞的时代，姻亲冲破着一切阻力。

在老家的东院，有个老太太，在我很小的时候就已经很老了。老太太经常坐在门外的大条石上，笑眯眯的。老太太穿着干净，她的家里人管她叫姑奶奶，一辈子无儿无女。相传她曾在京城的大户人家里做佣工，老了，回到乡下。老太太有几个姐妹，姐妹有儿女，儿女大了，就和我姥姥家扯上了关系。

但关系我一直没搞懂。

但北京城我一直是喜欢的。

东直门车站是我最熟悉的地方。表兄比我大20岁，他能来我家的时候，东直门也是中转站。他不坐长途汽车，专门等村里的大车。村里的大车去城里拉肥料，拉氨水，在附近的大车店歇脚。表兄到了，车把式说："外甥来啦。"就给拉回姥姥家。一百里地，马车。

到姥姥家，玩儿，串门，干农活。

我母亲比我表兄大11岁。说起他的时候，我母亲有时就撇嘴："小时候，话都说不清，叫小姨都叫不清，叫小驴。"

现在，我表兄都67岁了。

二条28号是里外两个院子，四户人家。里面的院子地势高，从大门直通过去，再上几步台阶，还有一道大门，稍有不同的是，外面的大门有赭红色的油漆，里面的没有。晚上的时候，两道大门总有人从里面闩住。不知道是谁，也没听说把人关在外面。

把姨家的算在内，我有五个姐姐，她们对我都很好。

三姐是唯一一个不在姥姥家长大的，但她生在姥姥家，她比我大10岁。她那时候经常往来于城乡之间。上小学一年级还是二年级的时候，寒假，她从我家回城里。送她，在车站，她说："跟姐姐去城里玩吧。"我好像还犹豫了一番，最终还是和她走了，上车还得抱着。

一个寒假，玩儿得昏天黑地。

回来的时候，三姐把我送到车站，托付给售票员，千叮咛万嘱咐。

回家的路上，穿着新买的夹克，左边挎着一把大刀，右边是一枝冲锋枪，当然，全部是木制的。脸上戴着一张孙悟空的脸谱，回家啦！

里面的院子里，是胖三儿一家和另外一家。他是我大一点儿时候的玩伴儿。他家的奶奶是大学生。家里有许多的连环画。三儿们上的小学是和平门的师大附小。寒暑假，不是猫在他家里看连环画，就是去西单看电影。街道里有儿童活动站，发电影票。看电影还得早起。电影都是最新上映的，《白桦林中的哨所》《归心似箭》等。写到这儿的时候，心里只剩下了《英俊少年》的主题歌：小小少年，没有烦恼……

声音越来越嘹亮、高亢，经久不散。

大外甥比我小10岁，是我大姐的儿子，和我侄子同岁。冬天，早晨醒来，三姐、四姐同时叫起来："哎哟喂。"大姐把外甥放到桌子上了，刚从外面进来，身上还带着寒气，他还不到一岁。从这一声起，他就再也没离开过姨家，直到大姨去世，整整30年。

这哥儿俩小的时候，大人没空儿的时候，我还哄他们。有一个老式的竹制婴儿车，哥儿俩一人一头儿，坐着，挺好的。突发奇想，我把隔板放平了，让哥俩在一头儿站着，我推着玩儿，刚放好，车子轰然倾倒，哥儿俩摔得哇哇大哭。大姨出来，把我好一顿责备。

哥儿俩大了以后，寒暑假再去，俩人就问："你想去哪里玩儿，我带你去。"

1990年暑假，我外甥女满月。我母亲叮嘱我去，一定要买馒头和肉，寓意是满口和结实。我先去大姨家，骑了车子，顶着太阳，从永定门出城，路过角门和马家堡的时候，是漫天飞舞的垃圾。当时没有想到的是，几年之后，我姨家就搬到了这里。

沧海桑田。

我闺女出生以后，带她去大姨家。那时候，香炉营旧居已没，新家尚无着落。外甥在和平门外有一住处，住处外是河北梆子剧团。当年，村里有两个孩子投考，一个门里，一个门外。考上的那个，我还在香炉营附近的街道上看见过，现在应该是中国最大的剧院的院长了。

人生何处不相逢。

第二天起来，抱着我闺女逛厂甸庙会，给她买了一件侧襟的红棉袄，领子上是一圈白色的绒毛。

妖娆。

之所以写这篇文章，是因为，明天，是我母亲去世的周年。

我母亲去世11年了，我大姨去世也已经6年了。

人生何处再相逢。

有一年春节，从大姨家回来，我母亲说："你爸爸犯脾气了，大春节的，孩子都走了，过个什么劲？"

我父亲只看到了以前，没想到以后。

2017年1月4日

纪念日

说一说婚姻的事。

1990年年底，我上班之后，在单位宿舍住了一段时间。感觉不自由，撺掇，在民房里住。同届的学生参军，领了军装，在民房里嘚瑟。敬礼！齐步走！我躺在铺上，感觉有些闹心。送别的时候，在他的家里，趁着酒精的作用，说着对10年、20年之后的憧憬。

现在想起来，恍如隔世。

搬回单位后，住在隔壁的小院里，一个人住。宿舍是废弃的办公用房，一排。房前是几棵柿子树。房子带走廊，闲着的时候，可以在廊下看风景。柿子树无人打理，枝繁叶茂，柿子成熟以后就害病，掉满地。那也无人打理。

外间是宽阔的办公室，但空无一物，里间是我的寝室。寝室更是简陋至极。床是搭的，两条板凳，一块床板。没有棉褥，只有一条床单。床单下是电热毯。滴水成冰的季节，冷得受不住，就往床下塞电热炉。热醒了，电热炉上再烧开水。

夏天舒服。我养了一条狗，闲的时候打理狗玩儿，梳毛、洗澡，指使别人去找狗食。

再没事儿的时候，就写信。

武装部组织打靶，人手一枪——1956式半自动步枪。教员说，这是一款经典的步枪，精度极高，100米内，指哪打哪儿。弹仓式装弹，我总觉得，弹仓没有弹夹好用。当过兵的，有的兴奋，有的出丑。兴奋的，卧姿遥射。出丑的，竟然装不上子弹！这兵当的！

老占是民兵出身，首轮射击过后，爬起来直奔百米外的胸靶。他要看成绩。个头矮小，百米之外更成一个小黑点儿。

10发子弹，枪油喷了我一脸，还趴在原地瞄准。教员一脚踩在我的胳膊上，大声质问："你要干什么？"

枪膛里再有子弹，要是能打得准一点儿，老古就可能被我报销了。

老古当年的年纪和我现在差不多，对我老是笑眯眯的。

去年，听说他去世了。真的隔世了。

打靶回来之后，继续趴在桌子上写信。打靶尚且如此，要是战争来了，那还了得。

现在想想，闲的。

那些信，全无署名。铺满了那张单人床。有人看见过。我就睡在那些信的上面。

还有些人，是不能写在文章里的。无聊。

那时候能谈心的，只有吴少华了。谈来谈去，心生厌烦。

1997年中秋节，他死了。顿生空虚之感。

那年的年底，我在火车上了，去遥远的宁夏，探亲，敲定婚事。

一个人的力量是非常非常有限的。到了这个年纪，我更相信命。相信冥冥之中有另外的眼睛和看不见的手。

那年的联欢晚会，有一个节目，叫《昨天、今天和明天》。

1998年五一，我结婚。

婚前，我妈说："你想好了，可得过几年苦日子。"我心里说：穷不死。

差点儿穷死，买完房，一身的债。喜糖硬邦邦的，我从不吃糖，也尝了一下，难以下咽，廉价货。

可喜事还是来了。2001年底，我闺女出生了。哈哈。

前些天，我问一个也是老大不小才养了闺女的同事："啥感觉？"

"挺好玩儿，给力！"

闺女出生一百天的时候，我在外面培训。聚餐的时候，旁边的人问我："有啥心事啊？"

有啥心事？今天我闺女百岁儿！

看着她从整天吃睡，到咿咿呀呀，到满床打滚儿。翻身的时候，我在旁边看着，一下、两下，嗵，差点儿掉床底下。

真有点儿怀念那时候满屋子的奶香。

等到上幼儿园的年龄，又有一道坎，孩子没户口！等着。政策还是来了，可以随父亲！一周之内，去了两次宁夏，上户口，迁户口。

入学。

现在，高中了，住校。

上星期，半夜打电话，病了。

匆匆忙忙，直奔学校。出租司机说："啥事？""孩子病了。"

沉默半晌，我说："要是孩子没爹没妈了可咋好？"

司机说："有妈的孩子像块宝。"这就对了。

纪念日。算算，19年了。一家人。

昨晚，喝了两听啤酒，居然醉倒。半夜醒来，抽烟，喝水。

打了半夜的腹稿。

躯壳看破，性命认真。

那些不能周全的人间烟火，一念慈祥。

2017年5月20

你是个好人

《白鹿原》的作者陈忠实先生说过这样一段话："能把握住什么事必须说，什么事不能说的人，才是真正的男人。"

陈忠实先生的老家在距西安不到50华里的灞桥毛西公社西蒋村，他是地道的关中人，有着生冷蹭倔和朴实厚道的性格。《白鹿原》问世之前他的穿衣打扮极其朴素，就像个刚进城的农民包工头。

据作协的人回忆，无论谁找他闲谝，他都接待，但一语不和就会撵人，而且绝不客气，话是短语："走走走，赶紧走，额（我）还有事哩。"来人便得狼狈逃窜。那时，陈忠实抽的烟是味道极重的劣质烟。陈忠实说："咱没钱，抽这烂尻烟便宜，劲儿大。"

陈忠实就任省作协主席时，省作协的办公楼已经破旧不堪。为重修办公场所，陈忠实放下文人身段，去找省里领导伸手要钱。一名省长约见了他，但却闭口不谈给钱的事儿，只跟陈忠实聊他对某地区一个小戏的看法，从中午11点一直谝到下午1点，后来一看表，挥挥手说要吃饭休息。陈忠实出来后在省长大院冷笑几声。

有一次，一位高官居高临下地对陈忠实说："你在《白鹿原》之后咋再不写了？"说要体验生活嘛，要学习讲话精神要深入群众嘛，一大套官话。

抱歉得很，小说《白鹿原》我也没看过。我也只能可怜地听别人讲的关于他的轶事的一点见解。

但同名的电视连续剧断断续续地看过了。结构的宏伟，人物的刻画，细节的真实，一路看下来，只觉得风雨如晦，鸡鸣不已。

"房子是招牌地是累，攒下银钱是催命鬼。""买房子，卖房子，不就是那么一码子事嘛。"

"买卖人有句话：心狠蚀本。""熬活。"

在那样的一个历史环境中，能让人记住这样的几句话，能说作品不伟大吗？

那些打打杀杀，大刀弓箭的抗日剧的编剧、导演、演员比我还可怜。

萨苏先生讲中国革命的胜利时说过一句最精辟的话："将来胜利一定是共产党、八路军的。"别人问为什么？他说："中国自古以来，就是好男不当兵，好铁不打钉，而共产党、八路军是好人当兵！"

我如果听过一句顶一万句的话，就是萨苏先生说的。

大约一年前，我开始看鲁迅先生的文章。陈丹青称鲁迅先生为大先生，可能是因为先生的家人是这么称呼他的缘故吧。

仅仅从称呼上，就可以看出陈丹青先生是懂鲁迅先生的。很多煞有介事的解读鲁迅先生的人，其实都解读得支离破碎。

鲁迅先生写给社会和解读别人的文章，最后都是写给自己的。诠释别人，最后诠释自己。

先生头顶上的光环，只有他的好友许寿裳说的最为恰当：鲁迅是预言家、是诗人、是战士。

先生在《<小约翰>引言》中，这样回忆他和齐宗颐先生翻译这部作品时的情景："我们的翻译是每日下午，一定不缺的是身边一壶好茶叶的茶和身上一大片汗。有时进行得很快，有时争执得很凶，有时商量，有时谁也想不出适当的译法。译得头昏眼花时，便看看小窗外的日光和绿荫，心绪渐静，慢慢地听到高树上的蝉鸣，这样的约有一个月。"

想一下，盛夏，先生和共事多年的朋友，躲在中央公园（中山公园）的一间红墙的小屋里，挥汗如雨，切磋译著，时激烈，时平缓。只有平缓时，才听到蝉鸣。只为向中国人介绍这样的一部象征写实的长篇童话诗。

后来，先生带着草稿到厦门大学，想在那里抽空整理，然而没有工夫；也就住不下去了，于是又带到广州的中山大学。

先生这样描述在广州白云楼的情景："荷兰海边的沙冈风景，单就本书所描写，已足令人神往了。我这楼外却不同：满天炎热的太阳，时而如绳的暴雨；前面的小港中是十几只蜑户的船，一船一家，一家一世界，谈笑哭骂，具有大都市中的悲欢。"

如绳的暴雨！谁能有这样的能力描述？

先生是最像人样的人间像，愿意活在最像人样的人间界！

先生是好人。

为爱性命求得半生苟活，虽称永生，实为诅咒。

很久以前，也是这样炎热的季节。她说，我不在乎你有没有户口，也不管你干什么工作，人好就行。

她也是个好人。

为喜悦所惊，如风一般。

现在是一个多么好的年代啊。

2017年7月9日

颜色不一样的烟火

　　每天晚上，新闻结束之后，我就收拾东西，准备去打球。因为背包总有他用，所以要重新收拾。球拍、乒乓球桶、保温杯，是必需的三样东西。保温杯已经换过几个，这次的比较满意——带握把的那种，保温能力超强，最重要的，是极少有外溢的概率。有几次，半路上感到腰上潮乎乎的，是杯盖没有拧紧的缘故。杯盖上有散热的装置，开水倒进去，拧紧，到了目的地，杯子打不开，只消把横条拉开，热气外泄，问题就迎刃而解。

　　到达球场，通常人都不齐——天气太热了。等人的时间，喝水，吸烟，打电话。

　　最近常联系的是振武。

　　我们是最好的同学。

　　这句话是振武对别人说的。那天我在场。我们，指的就是我俩。其余的，都是他练武术的师兄弟。振武的话发自肺腑。

　　振武的生活非常简单：上班，练武术，养闺女。

念书的时候，振武每天都是风尘仆仆。他不住校，骑车往返于家和学校之间，好像每次都是旋风一样地出现在教室。

我们一直都很好，从来没有过冲突。多数时间是恳心地长谈。

振武会功夫，这是同学都知道的事情。但他从未出过手。他的另一个同学，也是我的同学，非常凶狠地展示过一次。两个高年级的学生，自恃霸道，主动挑衅，就在教室前，我俩的那位同学，展平生所学，挥拳猛击，两个高年级的学生，应声倒地。我现在还能回想起被打之人在树下不断擦拭脸上的血迹的场景，被打前暴恣的神态，顷刻间烟消云散。

一切反动派，都是纸老虎。

高中一、二年我们都在一起。其间，有一天晚上，我还和他一起回家，住在他的家里。那时候我们还都是双亲——和气的老两口都在。振武还带我参观家里的水井。卧室很整洁。他是个自律的人。

高三的时候，因为琐事，我到了另外的班级。杀身之祸，常常起于饮食之微，我是毫不在意的。新年的时候，振武和另外的一个同学去新的班级找我，祝我新年快乐。呵呵，新年快乐。

毕业之后，振武往我家里写过信。信的内容，实在是一点儿也记不起来了，是不是告诉我他上班了？

再次的重逢，是在三四年之后了。我又去念书了，但衣食无着，过着狼狈不堪的日子。振武在县城上班，环境也不是太好，但提供我午饭。还带我去了他的家，见到女主人，他说："这是你嫂子。"

那时候，我还住过另一个同学的家里。一个独立的院落，就我们两个人。有一天，他的未婚妻来看他，晚上也住在家里。我很紧张，不知道该怎么办。同学说："今天你一个人睡吧。"

后来，我参加了他们的婚礼。前年，他打电话，也在今年的这个时节："过来喝酒吧，闺女上大学了。"

多少年过去了？闺女们我一次都没见过。

今年，振武的闺女也要上大学了。

我们都老了。

昨天晚上，没头没脑地看了几眼香港的电影《胭脂扣》，里面有个细节：一个女人去报社刊登寻人启事，启事的版面很小，女人说："那么小，怎么能看到啊？"报社的人说："有缘的人都能看到。"

说得真好。

父亲对闺女的爱和关心，就是那一枝枝没有花朵的青草。就讲它，讲它，讲它，讲那一枝枝看上去没有花朵的青草吧！

如果有机会，振武，我希望你能把三毛的一段话讲给闺女听，她是这样说的："孩子，你们是我的心肝宝贝，我的双手和双肩暂时挑着各位，挑到你们长成了树苗，被移植到另一个环境去生长的时候，我大概才能够明白一个母亲看见儿女远走高飞时的眼泪和欢乐。"

她们今后的道路和我们不一样，是颜色不一样的烟火。

2017年7月15日

注意你很久了

从昨天晚上就开始计划今天的生活，辗转反侧。好像在县城的书店里看见过她的书，仅仅是好像而已，特别的模糊。

李娟，新疆阿勒泰的女作家。

昨天傍晚的时候，去理发。附近两间理发店均"人满为患"，于是坐在胡同口更小的小杂货铺门口抽烟。两间小小的理发店啊。

遇见了一个熟人。迟疑片刻，他还是认出我。过来了，寒暄过后，还是让烟、抽烟。聊了一会儿，话少了。我说："老乔下去了。""又去哪了？""好长时间都没见着了，电话也打不通。"他没有听出话的本意。我说："死了。"熟人一脸的错愕。

老乔是我们共同的熟人，原单位的门卫，管着一班保安，新疆人，支边兵团人的后代，祖籍河南，以前就认识。有一天，单位有人传派出所新来了一个副所长，后来知道是误传，是保安队长。那就是老乔。误传的原因，是因为老乔穿西服，剃平头，走路迈方步。

到新单位后，老乔也来了，也是一脸错愕，然后握手，喊我哥，大有他乡遇故知之感。

老乔的生活很简单：值班，喝酒，躲债。无论多晚睡，每天早晨5点钟，老乔总会准时出现在值班室，汇报某某和某某很晚才回来或很早就到了。

没事喝酒。家眷不在身边，喝酒排遣寂寞。打发人买酒，赊账居多。有次酒后出了事故，腿被汽车撞断了。打了钢钉，住院的时候，他的哥哥和姐姐都从新疆赶了过来。哥哥据说是兵团的副团长，姐姐是教师。我没见过。冬天的时候，裤子被钢钉撑着，明显粗了一圈儿。一瘸一拐的，依然是每天早晨5点钟准时出现在值班室。

那时候我住在老乔的隔壁。渐渐地有经验了，每次他穿戴整齐的时候，就是要有事儿了。不是开会，就是去赴宴，俗话"随份子"。到屋里两次以后，开始提话题了，烟、钱。烟是开会备的，钱是随份子的标配。

有一年，他家的老爷子病了，癌症。那天晚上聊了好久。终于提到钱了。"我回家必须带一万块钱。"可是钱呢？"我可以把工资卡押在你这里，哥。"我提议，多找几个人。凑。我给了3000元还是4000元，忘了。1万元凑得颇为艰难。

也从老家把孩子老婆接来过了。孩子是残疾，扶着腿蹲着走路。媳妇的日子并不好过。有人把这归结为老乔喝酒的原因所在。团聚的时间很短，三口人很快又分开了。

单位换领导了。我提醒老乔，改朝换代了，提高警惕。老乔很不以为然，"没，没事。"那天碰巧我值班，后半夜，门铃响了很久，没有一个人出来，领导震怒。

几天以后，老乔耷拉着头和我告别。我说什么来着。老乔说："活该倒霉。"

以后见过几次。有一次是在医院门口，他去看病，血压高。"没事，没事，喝酒专治这病。"

去年年初，单位有人告诉我，老乔中风了，回老家了。又过了几天，又听说，老乔没了，脑出血。

我也早已经不喝酒了。

李娟的书，还是辗转地来到了我的案头。

早晨起来，吃过早饭，直奔县城的新华书店。县改区了，还是称呼县城。在新华书店转了一圈儿，没有收获。问营业员，有李娟的书吗？营业员反问，李娟是谁？有名儿吗？

无法对话之后，即又乘车直奔首都。穿过北京市的大半个东北郊，到最大的书店，找李娟的书。

还是找到了。

我不会评价。我也组织不好语言。

听听别人的话吧：一个在北疆阿勒泰地区辗转迁徙的女子，做过小裁缝，开过家庭小杂货店，间或出门打工，而今又返回那个令人魂萦梦绕、寂寥又深邃的角落。我仿佛坐在她的小杂货铺柜台边，听她缓缓讲着阿勒泰的见闻，阿勒泰、富蕴县、可可托海、阿尔泰山脉。整个阿尔泰蓦然向我展开：可爱的妈妈、可爱的外婆、可爱的牧民、可爱的酒鬼、可爱的孩童、可爱的牛、可爱的骆驼——没有痛苦的艰难，没有欺诈的狡黠，没有潦倒的贫困，没有孤独的寂寥，没有哀叹的别离。

嗯。准备给我闺女看看。别有事儿没事儿就大呼小叫。

活得真实一点儿。

真实多么的具有穿透力啊，真实的故事让你经久不忘。

认识一个球友，他当过海军，潜艇兵，20世纪70年代末参军。潜艇兵的生活非常辛苦，但伙食超级棒。某次，某要人视察海军潜艇，看到潜艇兵的伙食，心生反感，指示标准要降低——不打仗吃这么好没有用嘛，部队首长默然。第二天，随潜艇出海，在艇上吐得天昏地暗。上岸后，随即又指示，伙食标准不准降低！

退伍的时候，前面的战友都去了远洋轮船公司，到他们这批，全部回地方，哪儿都是干工作嘛。他说，那时我们身体多棒啊，全是当兵的，到轮船上也不用培训。

现在，最大的乐趣就是给两个闺女做饭。老啦！

真心不错。

看鲁迅先生的文章不如看他写给友人的信。他在写给日本友人增田涉的信中说："我也认为你还是到东京去写作好，因为即使是胡乱写写也好，不乱写就不能有所成就。等到有所成就以后，再把乱写的东西改正，那就好了。对于我的表兄弟的画，不必还什么礼。他在乡下过着清闲的日子，让他画几张画，并不费事。并且他恐怕已感到满足，也许在藏于他心里的自传中，已经写下‘我的画已经传到东瀛’了。"

真实是多么的从容，从容到撼人心魄。

2017年8月6日

"钱"途的变换

写有题目的文章和讲演，就像八股文，很痛苦的，比如现在的题目。一两句话可以说清楚的事，加上了引号，就必须展开说了。说多了，无边无涯，说少了，词不达意。总之，厌烦得很。

昨天和几个分开的同事见了一面，聊了会儿天，回忆了一下过去，没有展望未来。气氛很热烈，还喝了酒。回家的途中，果然出了差错。路途遥远，酒力发作，靠着车窗安然入睡。等到清醒的时候，依然是碧空如洗的蓝天，苍翠吐绿的树木，只是人迹罕至，少见行人。

等到车厢里只剩了我一个人的一声喟然长叹，引起了司机的注意。

对话很简单："你到哪里？"

我到李遂。

现在是大孙各庄了，太远了！

大孙各庄我待过，时间很短，在顺义的东南方向。由于时间短，边缘的几个村子都没来过，借机看了一下。不过由于时间短，只在终点车站的公厕旁抽了一支烟，聊以慰藉。

归途中，聊了会儿天儿。借助图文并茂的工具，小吴爽说牙接二连三地掉，并配以插图。我怀疑是因为生活清苦，脑子里并不宽泛的知识转了一下，回答："可能是缺营养。"小吴爽说，说的并不是她，说的是插图上的人。那缺的不是营养，是我的心眼。对方不知笑了没有。小郭儿插话："你要是昨天坐过站就好了，我值班。"

她们两个人是我在大孙各庄时的同事，都在我的文章里出现过，题目是《她们仨》。写的时候很苦情，仿佛天人永隔。其实也不全是这样，毕竟都还好。现在最近的相隔几十公里，最远的上千公里。另外，小郭儿，不能因为你值班，我就坐车坐过了站。好心不能做错事。

前面文章里提到的老乔，不知道能不能算我真正意义上的同事。他是单位的保安，如果加上职务的话，叫保安队长，手下管着三四个人。当然，这是10年以前的事了。10年之前，你不认识我，我也不认识你，我们还都各自混着生活。10年之后，我还记得他，他已经不可能再认识我了。那时候，单位食堂局促，开饭时人潮拥挤。老乔经常指使手下替我打饭，我则安坐在门卫的办公桌前，过了一段饭来张口的日子。天热的时候，老乔还指使手下替我洗车，我就穿着拖鞋在旁边看着。手下都很听话。不听话的，老乔就会祭出法宝：扣工资。不过也正因为这个原因，每每过了一段时间，队伍的管理就会出现暂时的危机。

老乔最威风的时候，是遇到重大活动的关口。全体队员着装整齐，间或喊着口令，在清晨人影稀疏时分，登车出发，绝尘而去。晚归的时候，矿泉水、饮料、小马扎一大堆。矿泉水、饮料还有的说，小马扎的来历就值得怀疑。老乔说："会场的。拿回来咱们坐着方便。"

老乔因为疏忽大意被调防之后，在一个盛大的场合见到过。那个盛大的场合就是喝啤酒的节日。在汹涌的人流里，他找到了我。我诧异。老乔说，是手下发现了我，之后报告的他。那个节日，我自始而心安，安保环节，滴水不漏。

老乔欠我的钱我自始至终都没要过。这点也一直让我心安。我是心甘而情愿。

昨天有同事看到写老乔的文章，还发了一点儿的感慨，觉得悲情了。那今天这段儿聊得行不行？不是向着喜剧的方向靠拢了一些？

终于说到正题了！

昨天去买书，翻了一下口袋，货币不太充足，但我仍然坦然。在柜子的夹缝里，有一本存折，封皮上是烫金的四个字：北京银行。横线下面，是两个小字：医保。

在县城的新华书店旁，是北京银行，方便得很。取款机旁满是人，没捞到便宜。排了很长时间的队，从柜台上把现金取到手。3500元，买书绰绰有余。

李娟的书买了三本。其中的两本是精装硬皮。微微皱了眉头，我还是愿意简装，翻看方便。可惜买回来没看完，颈椎疼。在看的时候还笑了两次。

《记一忘三二》的自序中，她先说她的名字，重名的太多。有段时间她把收稿费的地址写在朋友老梁那儿，她不在阿勒泰时，朋友就随便借个身份证把钱取出来。

此外，被人拆错信，财务把版税误打到别的李娟的账户上。

此外，还有读者痛心疾首地指责："李娟，看了你近期发表的那篇在丽江的咖啡馆怀念张爱玲的文章，对你实在太失望了……"

李娟说："她失望，我更失望。我没事怀念张爱玲干吗？就算要怀念，哪儿不能怀念，干吗非跑到丽江去？"

她还说："幸亏我文章写得好。"

最后她说："谢谢你买李娟的书。"

自从我写文章以来，除了收到过一笔180元的稿费之外，再无进项。

用医保的钱买书看，算是我的一点安慰，你看，看病的钱买书看了，既支持了作者，又省得看病了。两全其美。

但看病的钱从哪儿出呢？傻呀，喝酒的钱拿来看病，岂不是雪中送炭？

2017年8月7日

公众号

每次写字的时候，都是端着水杯，趿拉着拖鞋，徐徐走到桌前，打开电脑，弹出页面，在事先预备好的U盘上点击。新建Microsoft office word文件，再点击，就可以写字啦！

每次能写字的时候，心里都会生出一阵狂喜。没有狂喜的情绪的时候，都会拍着头庆幸：谢天谢地。

因为，我只会这些操作。

谢天谢地！

电话有了，汽车也有。但和人见面的机会越来越少。有一次和同学闲谈，发了这样的疑惑：当年，咱们什么都没有，怎么也能老见面、聊天呢？同学说，你就忘了天天撅着屁股骑自行车到处乱跑的时候了。

他说完之后，我隐隐地感到臀部一阵剧痛。

单位有电脑的时候，引起的轰动可谓不小。首先，专门腾出一间房子，地面铺装了木质地板，墙面粘贴了图案颜色让人感到恬静的壁纸，使那间招待客人的小餐厅瞬间办公气息十足，其次，安装空调，据说电脑娇嫩的很，温度既不能太高，也不能太低，最好是恒温，以保证春夏秋冬、一年四季都能稳定地工作。最后，确定人选。花枝招展的原打字员的文化水平可能不够，另选学历高一点儿人员参加培训，学历由初中一下拔高到高中。另外，闲杂人等，一律不得入内。实在制止不了的人员，进屋一定要换拖鞋。

条件如此严苛，让人望而却步。

后来才知道，不过是打字而已。不是开始传说的那样万能。

电脑渐渐地多了，大概是工作10年以后了。但我对它依然很陌生。单位组织过一次大规模的培训，去县里，可具体的场所我忘记了。培训后，依然很陌生。能记得的是会场外的那家小餐馆。每天的中午，和同事准时在那里聚餐，喝酒。一个年龄大的同事说，老师讲得真不错，插入变树。他说的具体的情形已经记不准了，好像有这个操作，把图案编辑进文本里，具体的图案就是一棵树。

到现在我只记得他说的插入变树，具体、形象、传神。现在想起来仍然栩栩如生。

到大孙各庄之后，有了笔记本电脑。小龚磊说："我帮你申请一个QQ号吧，省得你没事儿干。"

我只知道能聊天，可是我打字很慢。

调走之后，有人告诉我，有人在文章里写了我。是小郭儿。

我在空间里看了。全是溢美之词。其中还收录了我的话。我的原话有两句，第一句：每次她们找我来玩儿，就像一个盛大的节日。第二句：认识她们以后，就像养闺女的感觉，劳心费力。

小郭儿说，她心里热乎乎的。

最后还喊了万岁。

我那时候才知道，在空间里也可以写文章。那已经是2008年了。

我受人鼓动的事情不少。沈从文初到张兆和家的时候，张兆和的弟弟对他很好，沈从文深受感动，说："我要写小说给你看。"尽管对方是个小孩子。

我也要写文章给你们看。

写文章不是很容易的事情，不信你可以编辑几条短消息看看。

沉默觉得充实，开口感到空虚。

书是好东西。看《唐山大地震》，钱刚写的。书的扉页是钱刚的照片，他坐在一块石头上，穿着军装，戴军帽，军帽上是圆形的军徽。眼望前方，目光温和而坚定。后来有人说：《唐山大地震》开创了一个写作形式的新时代。

江山代有才人出。

网络是个好东西。在网络上，看萨苏的文章。值班的时候，半宿半宿地看。看他写警察的故事，写志愿军的故事，写所有在他身边发生的故事。独立成章，连缀成书。不讲宏达而空洞的背景，只说在那些个背景下一个个鲜活又顽强的生命。萨苏让那些被人冠以作家、专家的人、困在斗室臆想的人不只是汗颜。

我更汗颜。我们年龄相仿。人和人的差距何其大。

如果不跟风，还是看先生的文章。简练而意味悠长。先生写信给友人购买东西都不同于他人："如合于下列四种条件，希即通知，同去商量购买。一完全；二白纸印的；三很新；四价（连箱）在四百元以下。如有一条不合，便作罢论。"

我也写了10年了，身外早已天翻地覆，只是自己不觉得。

昨天想到了公众号，请同事查了一下。

百度上说，这是一个互动平台，是自媒体的一个工具，在电脑上操作，可以做自由的媒体人。

呵呵。困难不小。

电脑得换，得换一个个头更小、速度更快、操作更简便的。

申请公众号最重要的一步，是自己要举着身份证请别人拍一张数码照片留存。

呵呵。心里有障碍。

再困难，也不妨碍我对她的向往。

对了，1981年的今天，个人电脑诞生。

2017年8月12日

好人好事儿

　　记忆里，好人好事儿这个词语贯穿了我们整个小学的思想教育。课外活动、写作文、表彰会，好人好事儿也是频率最高的主题词。频率之高的后遗症之一，是我现在还能想起它，想起那么小的小学校，想起屈指可数的几位老师，想起那些近乎苦中作乐式的教程和精神上的清苦。

　　复式班知道吗？试着打字，电脑的词库里还真有。

　　好像一至三年级上的都是复式班。所谓的复式班，就是师资力量缺乏，或者是学生数量不足，高低年级混在一起上课的形式。我们一年级和三年级一个班。上课了，老师或是先给高年级上课，或是先给低年级上课，另一班的学生就复习或者是做作业。下课了，高低年级的孩子就混在一起打闹。班长由高年级的学生担任。上自习课的时候，低年级的学生管不住自己，说话或者做小动作，高年级的班长就会发出正义的一声大吼："干什么呢？你给我出去！"如果你自己不动，就会有两个同学过来，扭着你的胳膊，或拉或拖，施以暴力，仿佛经过预演一般，每天都要上演几次。

一年级也有留级生，在那么小的村子里的小学校。老师留完作业了，学生们写，老师回隔壁准备晚饭了。隔壁，就是老师的家。教室前面还有老师开辟的菜地。写完作业，老师也没时间看，就指定几个留级的女生给大家伙儿判定。当然，不写评语，她们的水平也达不到写评语的高度，但满篇的大红叉，足以让一年级的小学生看得触目惊心。

三年级的时候，留级的女生就不能给判作业啦！因为她们又什么都学得吃力了。那时候，心里真是感觉大快人心。过六一，入少先队，听广播，打防疫针……每天过的也是不亦乐乎。

课余，满世界做好事儿。嗯？不，满村子找好事儿做。做好事儿才能做好人，才能上同学的播音稿，才能在操场的大树下听表扬。

现在想起来，那时候，吃完晚饭后的漫漫长夜，除了漫长，还是漫长。家长们漫无边际地闲谈，让小学生对村里的军烈属们早就心知肚明了。

好事儿只能为军烈属们做。

第一次做好事儿就让我魂飞魄散。我们小组一行三五人，系着红领巾，排着队，到村东的一户烈属家去，拍院门，大声唤，都无人理睬。于是自作主张，开门进去，扫院子。那时候，只是扫院子。院子不大，偶尔一抬头，只见糊着窗纸的玻璃里，一个穿着红棉袄的老太太正定睛望着窗外，肤白如雪，银发飘飘，面无表情。不知是谁的一声大叫之后，一个小组的小学生全部四散奔逃，再无一个想做好人。

那次做好事儿失败之后，找借口不去的最后方法还是和家长讨教。后来说，他家的儿子，不是战斗英雄，拉大网走的。行军的时候，人都走沟底，他走沟边，结果一枪就被打死了。还有的说是因为夜间吸烟，亮光招来的子弹。还有的说，是打密云的时候死的。密云？离我们村多近呐。

我家的后面，还有一户烈属，也是个老太太。和东面那家不同的是，老太太失去的是丈夫。老太太集孤、寡、五保户、军烈属于一身。两间房的一个小院儿，一间卧室，一个灶间，简单得很，但村里照顾得很好。有几位村里的姑娘前赴后继的和老太太晚间做伴儿，事迹惊动过县、市和国家。文字和图片上过《人民日报》，可惜，我查不到。

浩如烟海。

老师带着去过一次，很有仪式感，扫院子，挑水，收拾柴火。老太太说，歇会儿，歇会儿。我们说，不用，不用。临末，是老师指挥大家列队唱《我们是共产主义接班人》。"我们是共产主义接班人，继承革命先辈的光荣传统，爱祖国，爱人民，鲜艳的红领巾……"

老太太是我们家邻居，学生是村里的孩子，老师是民办教师。就在那个小雪初霁的午后，在那个狭小的小院儿，我们唱《我们是共产主义接班人》。

老太太最后善终。生活不能自理的时候，村里专门派了几个妇女照顾，做饭，洗衣。政策来了，老师放下教鞭，回村里劳动。我也走向社会，自食其力。

上班以后，晚上值班，主要的活动是闲聊。一个老同事讲拉大网。当然，他也是听老辈儿讲的。国民党补充兵员靠抓壮丁，共产党是动员参军，有本质的不同。战争形势紧张的时候，共产党控制的解放区，所有适龄青年都被动员去参军。整个地区，所有青年只做一件事：参军，老百姓称之为拉大网。

老同事的村里也动员参军。冬天，屋外天寒地冻，屋内温暖如春，屁股底下的火炕烧得热热的，开水滚烫烫的。村里约定，谁愿意参军，谁就站起来报名。时间越长，报名的就越踊跃。有一个死活不吐口儿，村里的妇女主任说："你只要参军，我就和你结婚！"婚后的第二天，男人就上了战场。

当时听得人哈哈大笑。

后来，因为工作的关系，遇见过很多烈属，各式各样。

再后来，振华老师开始写书。

振华师写过一个鲁老汉。我认识。鲁老汉参过军，打过仗。念书的时候在学校里见过，参加工作以后在大街上常见。他穿得脏乎乎的，捡垃圾，拎泔水，爱聊天。你若和他聊，他就说老四野的事儿，说着说着就乱了。精神有问题。你如果表现出对聊天的内容感兴趣，他就会掏出1955年军队授衔时的军装照，滔滔不绝。

但振华师对他保持了最大限度的尊重，还把他写进了书里。

振华师还带我们参观过一个私人博物馆。在小镇的繁华的街上，两间房，不做买卖，不出租，只是一个博物馆。进入之后，黑洞洞的，墙上挂的是小镇的水系变迁图，详细而粗糙。主人就是一个老汉，无亲人，无财产，只是守着这间我称之为博物馆的博物馆。

　　他要给后代留下一点儿记忆。仅此而已。

　　在很多人看来，以上的人和事，可能是个悲剧。

　　给悲剧一点儿掌声。

　　村东老太太的儿子、邻居老太太的丈夫，名字很多人都不知道，包括鲁老汉，包括村里参军后没回来的人。但国家知道，天安门广场的中心，有人民英雄纪念碑，她只属于那些值得纪念的人。

　　牺牲永远比安逸高贵。

2017年8月19日

卖花姑娘

　　我没有孩子的时候，看不惯很多人的做派。比如，当爹的说我闺女如何如何，当娘的说我儿子如何如何。如果当爹娘的还很年轻，我更觉得别扭。现在想起来，可能受了我娘的影响。我娘脾气很大，当她心情好的时候，也儿子儿子地叫我，但这种情形极少。主要是她年轻的时候很少有好心情，等没有了脾气的时候，她的身体又不行了。

　　在家里，我爹很少有能发表自己见解的机会，天时、地利都不占，人和就更不用说了。他自己也清楚得很，只不过有一次酒后谈到了我，他破天荒地说："我儿子……"后面的话还没有说，老两口子就干了一架。当然，胜利者是我妈。

　　我妈说："我儿子只能是我叫。"

　　等我有了闺女之后，我母亲的身体就不行了。孩子在医院的时候，我父亲搀扶她去了一次。她坐在产妇的身边，长出了口气。

　　等孩子到处跑的时候，她已经经常性地卧床了。那时候孩子在家里过星期天，等我去接的时候，孩子正骑在她的身上模仿骏马奔驰的场景。我父亲说："这孩子我也管不了啊。"我心说："这俩人你一个都惹不起。"

这宝贝小时候还在宁夏她姥姥家逗留过几个月。送去的时候白白胖胖的，等我去接的时候，眼泪差点出来。都不认识了：黑了不说，还皱，皱了不说，脸蛋上还出来了高原红，再配上手造的布鞋套在小脚丫上。没法看了，没法看。

我从此领教了黄土高原上紫外线的威力。

我把这情形说给过她听，她对此毫不在意：切——

放暑假了。我说："暑假里干点儿啥？"

"嗯，学学跆拳道，学学画画儿就行啦。"

"那别的呢？"

"没有了！"

都该上高二了，也不考虑功课的事儿。

宁夏她早就不想去了："也看不了电视，还老说我。"

但宁夏还是去了。她也有惹不起的人。

但道理还得往大地方讲：劳逸结合。

沿途安排了很多站点：壶口瀑布、平遥古城、延安。等真正人在旅途的时候，只剩下了赶路、赶路。中途日落时的落脚点在陕西的榆林。城市不错，干净、整齐。现在的城市，好像只是干净、整齐。

想起来念书的时候，好好学习，好好学习。不知道想干什么。有人夸就好。

到家的第二天，晚上看新闻。榆林暴雨成灾，水库决口，汪洋一片。汽车就阻在街道上。

晚上没事就"斗地主"。我一看她用一双小手抓一大把牌就想笑。有资料说，大部分人在25岁之前心智都没有齐全。我玩儿牌就够臭的，她更不行。时不时我偷牌她也不知道。后来总结她的出牌法：先出大的，后出小的，剩下都是走不了的。

总之，还算愉快。

归途改动了一下，从草原的边缘回来。蓝天白云，花红草绿。舒服。

我闺女更舒服，坐在副驾驶座位上，标准的"北京瘫"坐姿。脚丫子搭在前风挡上，肆无忌惮。过收费站的时候，我提醒了一下。她说："爱看不看吧，我就这样。"

时间过得真快啊，回家都一个月了！

这期间，我和她只见了一次面儿。

但她的事儿我还是知道的不少。

"七夕"她和同学出去卖花了。

有人在朋友圈儿里说："啥家庭啊，趁啥呀，逮着节就过。"

我觉得很崩溃。前些年，情人节啥的，看见很多孩子卖花："先生，买朵花吧，送给……"心里甭提有多烦了。

但，现在，我闺女，她要出去卖花了。

以前我迷信暴力，现在我相信报应。

"七夕"一整天我都心绪不宁。上午打电话，没出动。下午，没反应。

"那啥时候去呀？""晚上！"

我说："去繁华点儿的地方啊。"对方说："去山沟里你买啊？"

三个同学，共同出资80元人民币，低价购得玫瑰，数量：20枝。如果销售一空的话，每人盈利30元。这账我也不知道咋算。

那天晚上我去打球了。打球的间歇聊天儿聊得很愉快，差点儿把卖花姑娘忘了。她妈不放心，终于去广场看了她。

对她不放心的，还有城管队员。有些煞风景。

那天晚上，她们是四处出击，还是静俟一隅？是低声下气，还是强买强卖？我无从知道，也不想知道了。三个人，20朵花，半宿的功夫，强买强卖不大可能。

千万别招人讨厌。

在初秋，看太阳像弹丸一样落下山去。我不知道说什么好。

和菜头的话已经引用过一次了。没办法，只能再引用一次："陌生人，我们终将在春天相见。我没有带来任何礼物，摊开的掌心里空空荡荡。但此时此刻，我们身在希望当中，变化尚未来临。这是最美好的时刻，一切皆有可能，一切将至未至，将立未立。但是，一切又都在潜滋暗长，即将破土而出。陌生人，这是我的春天，也是你的春天。"

2017年8月30日

我想有一所房子

有一年，我回河南开封老家。家里的老大说，已经把我的名字写进了家谱。听说的那一刻，心里有些百感交集。我曾经记述过这件事情，但只是一笔带过，就是说，我死后，将不再是孤魂野鬼。

也就是那一年，我才知道了我爷爷的名字。那一年，我三十几岁。事情过去久了，今天写字的时候，爷爷的名字又模糊了。知道我爷爷名字的时候，有一点儿慨叹，就是，人要子孙何用？还是老话儿说得好，儿孙自有儿孙福，不为儿孙当牛马。

我老家位于中原腹地，是七朝古都，紧邻黄河和陇海铁路。第一次过黄河的时候，是黎明时分，火车奋力地爬引桥，时间很长，感觉颇吃力。适逢冬季的枯水期，整条的黄河犹如一块儿滞留的泥浆，根本看不出在流动，远处有一只落了帆的航船。

那一年我17岁，第一次回老家。

老家是穷了点儿。穷的原因是曾经富裕过，是兵家必争之地。过中牟县的时候，遍地的黄沙。有人说，是打仗打的，所有的树木都烧光了。这里所说的打仗，可不是近百十年的事，年头儿那可长了去了。说书的知道的可全了。

兵燹、水患、旱灾，在这里轮番上演。

但还是有文明的传承，比如：家谱。

振华师善吹竹笛，几个志趣相投的人经常在一起活动。有一次他们闲聊，其中的人提出想参加庄户人家的红白喜事。吹笛的、拉二胡的、玩唢呐的，刚好凑一班儿。我那时候心里还有些好笑。提议的人说，风俗文化可不能从我们这里断喽！

现在想起来，心里一震。

我爷爷辈的字不知是怎么排的。我父亲这一辈的名字全部都是一个字。单个字还都要带有三点水，讲究极了。那一年，我忘了在老家谁家的墙上，看见了一张学生奖状，上面的名字中间是"佳"字。我们少哥们儿中名字中间这个字就是这个读音。昨天，我和我父亲求证了一下，我父亲说，不对，是嘉庆的"嘉"字。

原来，他们都知道。

家里的老大说："我把你的名字改了，因为要写进族谱，不可能写你现在的名字。"

改得好！

族谱里那个名字和我现在的名字不一致的那个人，就是我。只不过，这个人，没有了根而已。

我一直在我姥爷留下的老宅子里长大，两地相距一千五百里。

从我记事起，我母亲一直对老宅修修补补。

老宅有一亩半地，但布局颇为困难。原本方正的院子，西南角割出了一块地方，是我本家二姥爷的家，但荒废已久。余下的地方，就成了风水口中的"刀把儿"。后来，我父母把西北角空了出去，在院子的中间建了五间房。决定之仓促、时间之紧迫、物质之缺乏，使房子现在看起来歪歪扭扭。但东面又未能搞到边界，因为边界处还有一眼水井！80年代，我父母把水井填了，又建了三间房。但"刀把儿"是甩不掉的。

大的工程完工以后，细细碎碎的零工全是我母亲善后的，比如搭火炕，比如铺小路，比如修厕所。当然，她的善后工作还需要帮手，那个帮手，就是我。

搭火炕比较耗时费力。泥坯是春天的时候打好的，专项工作由我父亲完成。晒制好了，我母亲就开始动手，指挥我向屋里运沙子，运泥坯。一层卧倒，一层直立，再一层铺装，还得预先留好烟道的位置。我母亲一边干，一边说："这原来都是你姥爷指挥别人干的，别人没学会，全让我学会了。"火炕搭好以后，大铁锅里加满水，我就负责烧火，把炕烘干。夏天多热啊，烟熏火燎，我就汗流浃背地烧火，犹如烧炭工。

铺院里的那条小路更辛苦。她先规划好路径，划好线条，然后就指挥我运材料。几十斤重的水泥方砖，我吭哧吭哧地从院外搬进来，按照她的指令一块儿一块儿地码好。再累也不能出声儿，我妈顶讨厌干活喊累的人了。如果喊累，她就说："瞧你那尿样儿。"而且，给不给你做饭都是回事儿了。总之，后果很严重。

到现在，干活儿我也不说累，该吃饭的时候我也不说饿。

我妈最得意的事儿是在屋前打了一溜儿晾台，晒粮食，晒花生。因为不满意晾台的面积，她还返工了一次。她病了以后，有一年我回家，没看到人，我去地里找她，在满是花生的地方，她就拄着杖站在地边儿，监督我父亲收花生。

她说："我儿子就爱吃花生。"

老宅子已经有好几次要卖掉了。我母亲反悔了好几次。她说："我要后悔了咋办？我要是因为这事儿作病了咋办？"

其实，那时候她已经病了。

现在，这事儿又轮到我了。"崽卖爷田心不疼"。你试试看。

我差点儿在老宅建房子了。但这个家族的历史、这个院子的"刀把儿"、东面的那口水井，让我的行动功亏一篑。

总被雨打风吹去。

但我一直想有一所房子。

我说的家里的老大，是我的堂兄。他父亲和我父亲是亲哥俩儿。老家也有一所老房子，是我爷爷留下的。老大自己建房子的时候，没有木料，就拆了一半儿老房子。他说，我拆的是我叔叔的那一半儿。

我现在有房子住，但仍然是一个没有家的人。

2017年9月14日

微信支付

　　"诺奖"得主谢林顿爵士曾经做过实验：切断猴子一只手上的感觉神经，那只猴子的手就会瘫痪，哪怕控制运动的神经完好无损。谢林顿相信，这说明大脑能力不足，不能单靠运动神经发出指令。唯有"感受器——感觉神经——大脑脊髓——运动神经——效应器"整个反射弧完好无损时，大脑才能指挥四肢。

　　陶步在哥伦比亚大学重复谢林顿的实验。第二次，分两组：一组完全按照谢林顿的法子，切断猴子单手的感觉神经，好手不做束缚；另一组则将猴子双手的感觉神经统统切断。结果，被切断单手神经的猴子变成了"独臂侠"，被切断双手神经的猴子则双臂运动自如。

　　看懂什么意思了吗？这是《读者》杂志上的一篇文章，题目是《认真用脑的人请举手》。文章说：事实胜于雄辩，即使没有感觉神经，猴子的手一样可以运动自如。"非不能也，是不为也"。问题是，"不为"久了，大脑就自然认为是不能了。于是，短期瘫痪变为"永久"瘫痪，陶布后来给这种毛病起了个名字，叫"习得性废用"。他的"限制——诱导"疗法帮许多瘫痪多年、被认为毫无康复希望的中风病人重获自理能力。

文章最后的结论是：不易，但永有可能。只是，你要说服你的大脑，不放弃，不泄气。

之所以介绍这篇文章，是因为我在昨天终于学会了用微信支付。"非不能也，是不为也"，说得实在太有道理了。支付了第一次，心里长出了一口气，谢天谢地！最近一次支付，是买了这本杂志。看完这篇文章，心里又长出了一口气，知音呐！

昨天我回了县城，是为了见张建国。我们是同学，很长时间没见面了。约好了叙旧。临了儿，见面取消。他在电话里说："改天吧，今天晚上有行动，出去捕人。"

他不说抓人，说捕人。他在派出所上班，当警察。

楼底下的书报亭我很少光顾。近几年，全在市里买。地铁出了积水潭站，拐上来就有一个书摊。每次我都会在那里停留一下。买的杂志也很固定：《人物周刊》《读者》《读书》《坦克装甲车辆》。

《人物周刊》每星期出一册，每周必买。《读者》每半月一次，两个星期见面；《读书》每月出版，那就看缘分。看《读书》最痛苦，许多文章看不懂。那我也买，存着，总有看懂的那一天。

每次治疗，杨大夫总夸我看书，我正经解释了一次：某种程度上，杂志是道具，分散一下注意力，针灸疼得不行了的时候，顺便学习一下书里人物的先进事迹。咬咬牙，坚持一下。向着最终的胜利。

书摊儿的女主人长得不难看，外乡人。买杂志的时间长了，而且时间固定，很容易熟络的。年初的时候，终于聊了一次天儿。她问我多大了，我说61岁了。"哎哟，可真不像，您可真年轻。"我解释说是因为年头好的缘故，营养跟得上。

随后的谈话内容就有些伤感了。她说："明天我就回老家了。孩子在北京上不了学，我得回家照顾他，要不，时间长了，孩子该跟我不亲了。"

最后她说："谢谢你在我这儿买了好几年书。"

嗯。我也有些伤感。这天儿聊的。

楼底下的书摊儿状况也好不到哪里去。一间报亭，开始还完整，后来分出了一半儿给卖手机壳的，卖手机壳的还连带着卖鞋垫儿，这连锁的形式真不好懂。中间还出现过几次变动。昨天最新的情况是，那半间已经改成自动售货柜了，卖饮料。

受开头文章的影响，我准备学弹吉他。先鼓励一下自己：你行的！你肯定行！

很久很久以前，和人聊天儿，那时候就说想学弹吉他。目标是迫不得已的时候去卖唱。在地下通道、街道的拐角，假装生活艰辛，想象着历尽磨难。

有人幽幽地说："你唱，我替你收钱。"

我极少给别人打电话，但张建国是个例外。当年，我们三个是最好的同学。只不过，吴少华先走了。

今年，整整20年了！

每次见面，想起他的时候，说起他的时候，我有时眼眶微红。大哥总说："你这个人呐。"

明年，再想起他的时候，不写文章了。唱歌。

歌词是这样的：

以前人们在四月开始收获

躺在高高的谷堆上面笑着

我穿过金黄的麦田

去给稻草人唱歌

等着落山风吹过

你从一座叫"我"的小镇经过

刚好屋顶的雪化成雨飘落

你穿着透明的衣服

给我一个人唱歌

全都是我喜欢的歌

我们去大草原的湖边

等候鸟飞回来

等我们都长大了

就生一个娃娃

他会自己长大远去

我们也各自远去

我给你写信

你不会回信

就这样吧

……

我听的这版，歌名叫作《如果有来生》。

是谭维维唱的。

谢谢她！

2017年9月28日

一门手艺

旧电脑溜达了一圈儿，又回到了我的桌子上。

路线有些复杂。

开始用的时候，还算个助手。愈往后，电脑愈像个对手。当然，是它捉弄我的时候多。最多的时候，一两千字写了三次。有时候的心情，差不多可以叫作绝望：这东西，基本上没怎么用过，不过是年头长了一些，怎么就报废了呢？

通过中间人协商，她答应把新电脑给我用。条件是上大学的时候给买最新的最贵的电脑。但我没用几次她就反悔了，也不叫反悔："我还得写作文呢。"

天气好的时候，能去森林公园走路。天气阴晦的时候，只能偏安一隅，犹如困兽。我常常想，挣了半辈子工资，咋连电脑都用不起呢？这打击，不是一般人能承受之重。

卖电脑的小伙子介绍得很详细。我看着他，犹如隔着重重的迷雾：我只不过买个写字儿的家伙，别的一概不懂，也没用。终于他懂了，"哦，您跟钱多少没关系。""是的，是的。"

旧的可以升级呀。

旧的电脑又回来了。说好300元，临了，又买鼠标，无线的那种，499元。他以为我忘了当初的要约，我没忘。

但我还是把钱支给他，没有纸币。是一串数字，还说谢谢。

挺好用的。

有一天晚上，看陈鲁豫采访一个瘦高的男人。受访者说话缓慢，嘴角下斜，但一字一句，如雨入地。画外音的时候，知道他叫金宇澄。上海人，作家，编辑，著有《繁花》一书。没写错，是繁花。

上海市井的生活。

书里有好几个主人公，小毛是其中的一位。

小毛做钳工，在70年代的上海。

小毛的师傅，钟表厂八级钳工，姓樊，大胖子。200多斤的樊大胖子，大手大脚，特号背带裤。新中国成立前跟外国铜匠学生意，车钳刨磨铣，样样精通。书里说：樊师傅拿出一只旧铁皮罐头，里面有火柴盒大小的方钢，手一抖，方钢内滑出一块钢隼。两块方钢，叠角四方，严丝合缝，抽送自如，到灯前一照，不漏一丝光线。

书里的对白用的是上海话。樊师傅说："这是我17岁手工生活，雌雄榫，也叫阴阳榫，看上去简单，其实呢，做煞人不偿命。孔要方透，榫要方透，两方变一方，两方穿一方，要一点一点，锉刀尖去搭，铲刀尖去挑，三角刮刀去擦，灯光里去照，绿油去磨，去养。"

樊师傅说："想当年，有人揭发，讲我新中国成立前参加黄色工会，经常抱舞女，穿尖头皮鞋，踏兰铃脚踏车。有一种瘟生，天生就会打小报告，搞阴谋，嚼舌头，讲我贪图个人奖金福利，跟资本家穿连裆裤，欺骗政府。有一天开会，大家讲到一半，我一声不响，拿出这只生活经，台子上轻轻一摆。我讲，啥叫上海工人阶级，啥叫老卵，啥叫大老倌，啥叫模子、面子，这就叫真生活，这就叫上海工人阶级的资格。"

小毛说："人家讲啥。"

樊师傅说："吃瘪了，不响了，会开不下去了。"

樊师傅还说："手里做的生活，就是面孔，嘴巴讲得再好听，出手的生活，烂糊三鲜汤，以为大家不懂，全懂，心里全懂。"

作者在后记里说，我希望《繁花》带给读者的，是小说里的人生，也是语言的活力，虽我借助了陈旧故事与语言本身，但它们是新的，与其他方式不同。

444页，厚厚的一大本。看了半天另半宿，看得人头昏眼花，颈椎酸痛。

书友替我刻了一方印章。我在《繁花》的扉页，写了书里的两句话：庸僧谈禅，窗下狗斗。

写毕，加盖印章，通体舒畅。

光听人说也耽误事儿。

说相声的也写书。看了片段，挺感人。购买，阅读。敢情看的片段差不多就是书里的精华。不过序言写得还好。作者说："一路走来，各种坎坷，各种不顺和阻碍，终于我也看到了花团锦簇，也看到了灯彩佳话。那一夜，我也曾梦见百万雄兵。"

江湖。

郭德纲说："相声，只是养家糊口的一门手艺而已。"

在陈鲁豫的采访中，金宇澄说，现在他喜欢看过去人写的一些笔记小说，把事看透了，不说透。

会写小说这门手艺的人了不起，看透世间的肮脏，还张开手臂去拥抱。

2017年10月24日

岁岁重阳

写下这个题目，是因为今天这个日子。

越来越喜欢线装书，没有硬壳书皮，拿在手里舒服。《容斋随笔》就是这样子的，拿着舒服，但看得艰辛，好在有注解。

《诗中用茱萸字》是其中的一篇。文章里说，刘梦得云："诗中用茱萸字者凡三人。杜甫云'醉把茱萸仔细看'，王维云'遍插茱萸少一人'，朱放云'学他年少插茱萸'。三君所用，杜公为优。"

翻译过来就是，刘禹锡说："诗中用茱萸这个词的总共有三个人。杜甫说'醉把茱萸仔细看'，王维说'遍插茱萸少一人'，朱放说'学他年少插茱萸'。这三人所用，杜甫用得最好。"

后面还有一段话，不抄了。映衬题目，已经够用了。

够艰辛。

不艰辛的例子，是郭德纲写在书里的。写赵桐光："2011

年8月20日，京韵大鼓名家赵桐光先生与世长辞，我很难过，先生是我妻恩师，更与我乃忘年之交。德云社初创之期，先生鼎力相扶，见证了我们的成长。几逢叛逆，先生极震怒。四处解释，痛斥忘恩。逝前探望，先生已瘦得脱相，拉我手流泪道：'咱爷们没好够！'今巨星陨落，刘派男韵几成绝响，哀人痛艺思亲叹旧，忆此肠断矣！"

一个月之前，又回了趟老家——河南开封。

我父亲每次回去，必看一个人——李义明，这次也不例外。老爷子和我父亲是同乡、同学和战友。他1956年参军，参军之前，每天和我父亲形影不离。1956年，志愿军补充兵员40万，李义明应征入伍，到东北四平机场，空军地勤。我父亲1957年入伍，至徐州坦克二师，坦克手。

2014年，老爷子80岁，独自一人，乘火车来北京看我父亲。声音洪亮，身板硬朗。逗留期间，我带他们老哥儿俩参观航空博物馆。在志愿军米格飞机前面，老爷子背对飞机，两腿下蹲，双手背后，跟我说："爷们儿，当年我们修飞机，换轮胎的时候，我根本不用工具，我就这样把飞机抬起来！"

河南人把与父亲同辈且比父亲大的男性叫伯，北京叫大爷。

我父亲之所以从徐州到北京，是因为一个战友的帮助。黄维良，我管他叫大爷。在部队，我父亲是士兵，黄是军官。他是第一坦克学校毕业，在坦克二师，先排长，后参谋，后连长。1964年，以连长之职，率部参加南口大比武。观众席里，最特殊的观众是毛主席。

坦克二师有一个英雄，叫王杰。"一不怕苦，二不怕死"就是领袖为王杰所题。王杰是工兵营战士，在驻训处教授民兵埋设地雷时发生意外，为救人扑向爆炸物，不幸壮烈牺牲。

大爷说："那天，在驻训点儿，我都睡下了，通讯员把我叫醒，师里发电报，工兵营王杰死了，叫部队严防事故。"

这都是活生生的历史。

我大爷说："大比武的时候，打篮球不慎把腿打折了。没办法，比武的时候，只好叫士兵抬着，躺在担架上指挥，用电台联络各个车组。"

现在，他们都老了。

今天，我给我大爷打了电话。电话那头，一切安好。

我跟这仨人都没好够。

郭德纲在书里说："为父母购置新宅，装修停当，迎二老入住，着光极好，室暖如春，父母大喜，余心亦安。为人子之乐不过如此，不亦快哉！"

今天，我姐姐给我父亲的钱我收到了，我同事带父母也出去吃饭了。我替你们说一句，不亦快哉！

2017年10月28日

本命年

我是1970年阴历腊月十六出生的，阳历是1月23日。

我上小学的时候，填出生日期，很费了一番周折。我问我妈，我妈说腊月十六，我当成了12月16日。我妈说不对，是1月23日，属鸡。后来又说阴历阳历，弄得我很头痛。

小时候我被我妈痛骂过两次。一次是阴历阳历，一次是问老舍的名字。老舍字舍予。我妈说老舍的字取得很好，合起来就是舒舒。我一时没转过弯儿来，问怎么就叫舒舒呢？

一顿痛骂。

我姥爷是造大车的木匠，一辈子既无师傅又没有徒弟。我妈说我姥爷看别人干活，一看就会，他以为别人也和他一样。示范一次，余下的就是痛骂，所以无人当学徒。我姥爷就看中过一个后生，但此人死活不肯投入门下。

我妈说，这哪成啊？

其实，我妈和我姥爷一样一样的，只是自己不觉得。

我姥爷和我姥姥的关系很差，差到什么程度，不好揣测。反正是他自己经常吃不上饭。我妈在几岁的时候，就能自己把柴锅里的水烧开，然后蹲在锅台上贴玉米饼子。据说，我姥爷看到之后，一声长叹："大人还不如一个孩子！"

　　我姥爷在我出生的那年去世了。我和很多人打听过关于他的事儿。片段很少。有一年，我还问过一个邻居，也是老木匠，比画了半天，老爷子最后伸出了大拇指。

　　老爷子是聋哑人，我管他叫哑巴大爷。家里有事，凡是关于木料的问题，他总是以顾问的身份出现。

　　我家里最早的那三间房，是我姥爷和另外一个老木匠一起建完的。我姥爷造大车，不懂建房，老木匠会建房，但气力已衰，于是，一个在旁边指点，一个低着头挥汗如雨，居然也把房子建起来了。

　　当然，我不能亲见，全是我妈告诉我的。

　　今天去看病的时候，路过书摊，又买了几本杂志，弄懂了几个名词。其中一个是"佛系"，引申词语有"佛系青年""佛系生活"等，意思是有看破红尘，按自己生活方式生活的一种生活状态和人生态度。举的例子很有趣，我想用一下。杂志是在车上看的，但回家之后，却怎么也找不到了。有点儿奇怪。

　　杂志里有一篇采访演员袁立的文章。袁立很羡慕美国演员基努·里维斯，看他蓬头垢面跟街边的乞讨者坐着聊天，或者坐在地铁里看报纸，她也想效仿，但她心里说在中国可不行，人们会说她疯了。袁立说，有时候自己感觉现在的演艺圈有点像《骆驼祥子》里的洋车行，"充满了那种味道，很油滑，很有等级，又很会看脸色"。

《南方<人物周刊>》评出了好几个2017年魅力人物，曹寇是其中之一。曹寇说："这一年过去了，但这跟我似乎也没什么关系。"在正文的第一段，曹寇是这样写的："2017年春天的时候，我在家里闲得发慌。有一天我跟顾前说，要不我们去金坛找老于头玩吧。顾前说，好啊。然后我们就去了金坛找老于头。老于头是金坛一家医院的医生，也写小说。我们之所以找他，与看病和小说无关，而是老于头家里有一株牡丹，是其乾隆年间的一个老祖母嫁到他们家时作为陪嫁带来种上的。临行前我问老于头，你家牡丹开了吗？他说开了，我们就去了，就是这样。我和顾前的兴趣点在于：两百多年了，老于头家都没挪过窝，这真是太难得了，当代中国这样的家族太少了。不过，到了后，我们在那株牡丹树下看了其实不到半个小时，就跟着老于头找饭馆喝大酒去了。"

如果你信了他说的话，可能就错了。在文章的底页，曹寇的获奖理由是这样的：曹寇的价值在于他在写作中所表现出来的诚实，这种诚实有时体现为一种拒绝的姿态，拒绝矫饰，拒绝过于文学化的滥情，拒绝文坛习气，拒绝把写作崇高化——他赋予口语化写作以新的气息，传统的文学评论在他的写作面前往往失效。2017年是曹寇在创作上更加成熟和丰饶的一年，随笔集和小说集相继问世，编剧的电影已杀青，用勤奋来形容这个游荡者有点奇怪，但现实层出不穷，他的写作之弦也始终未曾松懈。

高中毕业之后，振华师找了单位让我上班。晚上，从老师家里出来，老师送了我很远很远，我们父子之间有一段对话，我问老师知不知道王朔。老师的表情我已经忘了。夜黑。

我妈对我也失望了。我妈说："行了。你也就这样了！"

我现在所有对生活的感觉，和袁立的感觉一样。

回了趟村里，为我父亲办医疗卡，我带他去。我父亲今年80岁了，头脑清晰，腿脚还算灵活。征求了我的意见，是他自己去还是我带他去。为了保险起见，我没有犹豫，自己把活儿揽下了。

医疗站在原先的小学校园里。算上幼儿园，我也在这方小小的天地里玩儿了六七年的光景。现在再进去，感觉到她已经小得不能再小了。原来可是还有小操场的。四五年级的时候，学校在操场开展勤工俭学。挖坑，挖出了一截地道。地道很长，幽幽地斜向地下。体育老师怂恿我试探一下深浅，我头上脚下地向里爬了几下，就不敢再动了。恰巧年级老师过来，立刻喝令我上来，然后不容置疑地说："填上，快，快。"脸色煞白。两个老师，全是村里的民办教师，年龄一大一小，一已婚，一单身。

回家我把这件事儿和我妈说了。我妈考虑了一下，说："我知道了。肯定是成分高的人家藏东西的地道。知情的人心里有鬼。"

现在，我除了不敢下地道，还不敢坐飞机。也就是说，除了不敢入地，也不敢上天。因为有窒息感。

小学考初中那年，高老师让我考重点中学。我跟我妈说了，我妈很忙，也许她心里很烦躁，说："我不管，爱考不考。"考试的前一天晚上，我妈包粽子，个头儿很大，糯米很甜。我吃得兴起，连吃了六个，然后心满意足地睡觉，准备考场上大获全胜。结果，一夜无眠，胃里翻江倒海。

我从来不吃甜食，不知道为什么偏在考试前"大开杀戒"。

这是我平生第一件倒霉事儿，我一直记到了现在，这是我不自信的开始。到我离开家之前，夜里从来没出去玩儿过，每到天黑，我妈就命令我把大门上锁。后来看电视剧，我想，"圈禁"也不过如此吧。

出门的时候，我还把当年发现地道的地方指给我父亲看。车轮一闪而过。

现在我才知道，即使我妈现在不在了，很多人的生活方式也不是我能过的。我只能羡慕。

我妈初中毕业之后，当过五年小学教师，在荣各庄村，是典型的乡村女教师。下放之后，回到村里。唯一能证明这段经历的，是我小时候看见过的一本《中师语文》教材，墨绿色的封面。我妈自视甚高，但说起一位同事的时候，她说："我的业务和人家比不了，我就是比较强硬，让孩子能听我的话。"

这还不是例外。她还有一个偶像，就是一个邻居。她称呼为老婶儿，上海人，身材高挑，气度优雅，在家里住过很短暂的一段时间，和我妈是莫逆之交。我妈的评价是："会说话，能办事，我比不了。"

很多年以后，我妈有病在身，春节时候，给她遥远的老婶儿打电话，说："老婶子，我有点儿想您啦。"

其实，她们年龄相仿。一边笑着说话，一边掉着眼泪。一个是北京口音，一个是吴侬软语。

我妈在村里还有一个表弟。所谓的表弟，是他小时候吃过我姥姥的奶水。表弟中等身材，面孔白皙，文质彬彬，年轻的时候在38军当排长，后来转业在城里工作。我妈很看重他。有一年来家里，我妈很高兴。说到我姥姥的时候，表弟说："我大妈……"走了之后，我妈说，原来他还叫妈呢。那她也很高兴。村里叫树青的人有好几个，我妈说，就我家树青的名字起得好，他姓杨！

我家里有一个橱柜，是"天坛"牌的。柜子的上下结构，颜色有些差别。我妈说，那是我买的书桌，预备看书用的，可惜，没用上。

有一段时间，我家的窗台上，总放着一本《三国演义》，我妈有时间就看一段，晚上睡觉的时候，总给大家说上一会儿。有时候没时间看，晚上我请她再讲一段的时候，我妈就会不耐烦地说："睡觉！"

我妈去世以后，别无长物。钱都给我买房了，衣服都分给了街坊，照片是从她和我大姨的合影里剥离的。

我到现在，能说什么呢。

我妈对我抱的希望很大，大到我自身都无法承受。但希望愈大，失望愈大。没辙的时候，我妈就自嘲说："生完你，村里就有人说，我生了一个杨子荣！"那时节，八大样板戏愈演愈烈。杨子荣，是《智取威虎山里》的人物，浓眉大眼。说这儿话的时候，我正是一个不折不扣的大白胖子！

我妈年龄大了以后，牙齿陆陆续续地都离她而去。每当吃东西不方便的时候，她就说："我的牙不好，全是因为生完你坐月子的时候牙疼，到现在，都找上了吧。全赖你。"

我满心内疚。

后来，我如法炮制。我跟我闺女说："你小时候我给你洗尿布，大冬天的，洗得我结石病都犯了！"

我闺女说："嘁，学会表功了。我那时候就是岁数小，我要懂事儿，根本就不用你！"

天下父母都一样，儿女差别何其大哉！

这篇文章，断断续续写了五天。从元旦那天开始。人生有限，既要谋生，又须看病，果然不能太周全。每天都写一小段，还加上了序号。时间碎片是一方面，另一面，是我还得仔细地想想一些细节。

2006年1月5日，我母亲去世了。那年，我36周岁，也是本命年。

2016年元旦的时候，我值班，写了《相见时难<丧母十年记>》。我以为把我的话都说完了，现在看，还远远不够。

很多年以前，听过一个笑话：一个家庭失去了父母，长兄召集弟兄们开会，说："父母不在了，以后我就是父母。"弟兄们皆称是。注意，笑点来了，长兄接着说："以后，我抽烟、喝酒，谁也管不着！"

当时听的时候，哈哈大笑，现在，感觉出了一点儿凄凉。

我母亲去世以后，我说，我现在是一个单亲家庭的孩子了。现在看，还远远不够。早早晚晚，我还得是一个孤儿。

等到能为所欲为的时候，不是疯狂，就是末路。

但这些都不重要。我母亲说："我身体哪里都可能出问题，但是我的精神一点儿问题都出不了，因为我懂辩证法。"

我母亲和我说过，她的事，不可能全都告诉我，我要全知道了，会受不了的。

我母亲在家之后，全力关注于生产，大力发展副业，养猪，养鸡，如果不是家里面积有限，她真可能会开挖池塘养鱼。她还会亲自动手，大兴土木。我家的生活水平，很早就是小康之上。

她想得很长远，1984年我姐姐就念了大学，她要确保她衣食无忧。

我母亲的一生，是强硬的一生。她最讨厌哭哭啼啼，最反感优柔寡断，杜绝议论一切家长里短，对胆小怕事者永远嗤之以鼻。

我对她一直很发怵，对她的说一不二、杀伐决断一直很佩服。只不过，她的活动范围稍微小了一点儿——只限于我家的院子；她的影响半径也有限，只限于我和我父亲两个人。

我也在社会上昏天黑地混了近30年的饭吃了，如果还有人说我不算太坏，那全是我母亲的功劳。

于浩歌狂热之际中寒，于天上看见深渊。

鲁迅先生从未详细写过自己的母亲，他先于自己的母亲去世。我猜，他把自己的感情写进了《阿长与<山海经>》。

"仁厚黑暗的地母呵，愿在你怀里永安她的魂灵！"

2018年1月5日

在酒楼上

桌子上的书很乱，乱七八糟。

移过来移过去。一直很羡慕有规律的生活。

虽然很乱，但无非就是那几本书，《鲁迅全集》《世说新语》《容斋随笔》，也都没看完。或者，看完又忘记了。

每每又从头看。

站在斗室的中间，看乱糟糟的摆设，心中油然升起一股自豪感。那就是：我终究还是一个俗人，一个庸俗到顶的男人，浑身的病。

我常常想，如果放任下去，还能活多久。想，敢想；试，不敢试。

几年之前，病痛折磨我到一定时候了，我说，必须要看了。在网上试了一下，立刻弹出了几个网页，态度很热情，也很中肯。但我很生疑，我怕幸福不会从天降，我怕无缘无故的笑脸。就在那天晚上，老田打电话，约我去聊会儿天儿，我们主要是聊天儿。

分宾主落座，聊了一会儿，说到了病。主人说："你等会儿，我给你打个电话。"电话接通了，是杨大夫。杨大夫说："人还能不能走啊？"

我听得清清楚楚。

到现在，四年了。杨大夫给看了四年病。

几天前，送我闺女上学，扛着行李，能直达六楼宿舍。

下楼的时候，看见李老师。我说，老师好。我在学校念书的时候，李老师刚结婚，她的先生教我们地理。转眼之间，她都老了。

我也老了。

过年的时候，我挑选了一幅精美的画，送给了几个人。画面很精美，文字也俗套：狗富贵，互相望。

收到的，都是我的亲人。

没收到的，也是。

阴历腊月二十九，凌晨3点。

我父亲叫醒我，其实我也没睡多久。情况不太妙。

出汗。一出汗，他就感觉不太妙。

出汗，然后是呕吐，反反复复。

叫救护车。

在医院急诊室。我交费，拍片，输液，一直到除夕的中午。

在一片哀鸣声中，医院的护士仍然不忘在通往抢救室的大门上贴了两个大大的"福"字。

过年了！

晨曦中，输液室里的人渐渐多了。有一个姑娘很像我的同事小丽。定睛一看，不是。就她一个人，输着液，沉沉睡去。

我在旁边，帮她看着袋里的药液。快结束的时候，我让旁边的人把她叫醒。

多好的一件事。

我很想把急救室门上的"福"拍成照片，发出去。

但是，不能。过年了，我不能让别人担心。

歌舞升平。

春节这段时间，我每天和过去的同事周在一起，每天都在一起。天气晴朗，北风凛冽。我把帽子、围巾扎得严严实实，沿着大路去找他。路还是那条路：穿过车站，沿着麦田，跨过河流，看黛色的山，看永不断流的河。

每次见面的时候，周说，我很幸福。

我心里也说，我很幸福。

30年前相识，30年后重逢，有说不完的话，真的很幸福。

哪怕以后山崩地裂，哪怕以后互相诅咒。起码，我现在感觉很幸福。

2007年10月27日，我买了一本《黄霖讲〈金瓶梅〉》，扉页上盖了章，明明白白。我还在上面写了两句话，抄的：生欢喜心者，小人也；生效法心者，乃禽兽耳。

义正词严。

念书的时候，我老师说："我这辈子，《金瓶梅》是看不了了。看《金瓶梅》，必须满足两个条件，一是年龄要四十岁往上，一是必须是副教授往上。"

满脸的忧伤。

现在我看《金瓶梅》。

鲁迅先生是多么的伟大啊！他说看《红楼梦》：经学家看见《易》，道学家看见淫，才子看见缠绵，革命家看见排满，流言家看见宫闱秘事……

我觉得我抄的那两句话虚伪至极。

现在我又看见我父亲的裸体，他被便秘折磨得痛不欲生。我给他挤开塞露，给他叫救护车，看医生给他灌肠，给他挂尿袋。

然后看他恢复如初。

他的今天，就是我的明天。

上面这句话，我听以前一个退休的老同事说过。是他没退休的时候对一位退休的老同事说的。现在，他也早已退休了。

说法不一样：你的今天，就是我的明天。

2月28日，是我一个同事的生日。每年，我们都相聚一次。分开，相聚。相聚之后，分开。

每次都说：这生日多悬啊，要是赶上29号呢，就得四年一聚了。

新年愉快！

2018年3月10日

星哥

　　我的电话通讯录里没有联系人的名字。以前有过。

　　类似的还有我的钥匙，曾经瓜秧似的一串，现在只有家里的一两把。

　　久不联系的人，号码存在通讯录里也没有多大的意义。经常联系的人，号码记在心里，还能锻炼记忆力。每次打电话的时候，心里都庆幸：还没傻。

　　钥匙就装在裤兜里，每每回到家中，嘴里都长出一口气：很舒服。

　　后来有微信。

　　其实我很反感这样的字出现在文章里。我至今也不愿意把电话称呼为手机。但是，没有办法。社会已然发展到这里了，真是一点儿法子也没有。

　　鲁迅先生经常说这句话："一点儿法子也没有。"看得多了，想法也多了。他说"一点儿法子也没有"的时候，我疑心不是真的。我看《野草》，看得我毛骨悚然。写这种文章的人，我不信他"一点儿法子也没有"。

但我说这句话的时候，是真的。

微信里有通讯录，谁也跑不掉。

有的人永远沉默，有的人天天有消息，我任由他沉默或有消息，一点儿法子也没有。

星哥是我的微信好友，沉默许久，大概三年。

刚查出糖尿病的时候，我很崩溃，我总觉得它离我很遥远，和我很疏离，但不幸得很，它来了。

看病过程很荒唐。吃了草药，指标降得很快。幸福来得太突然的时候，我也疑心它不是真的。可怕的是，大夫还把我当成成功的案例四处宣扬。

我还认真地询问过一个病友。他把我推荐给另一个医生。见面的时候，我发现医生嘴里的牙只有几颗，其余的都不见踪影。他开的药方很简单：吃六味地黄丸。

"你吃他几十盒，包你好。"

我没敢吃，我怕把我的牙都吃得不见踪影。

后来开始走路。

开始在县城里走，在车流旁，在废气里，在雾霾下，我只觉得走得地老天荒。

地铁通车以后，去城里走。天坛、北海、颐和园，名胜古迹走得如寻常巷陌。更荒唐的是，有一次从地铁里出来，在2B

出口，碰见一个酒友，我俩昨天才分手！彼此心照不宣，微笑招手，一起奔向后海岸边。

走完路后，吃羊杂碎，喝北冰洋。

为了逃避这样的人群，我还去天津，在海河边走，看风情古街，看摩天轮。

后来，单位附近有森林公园了。

后来，股骨头出问题了。

再后来，开始打乒乓球了。

陌生的项目，它对我是全新的。

场地是在一个仓库，改造了一下，硬件设施还算说得过去。

三年前的事了。

正式认识星哥，留了微信，他是出租车司机。

天气正热的时候，心情也热。

打球的时候，大多数人都赤着上身，只着短裤。星哥永远穿着短袖运动背心，每次见面都急匆匆的，聊不了多长时间。

有一次他说，等我开上网约车，我就有时间了。

天气渐渐地凉了，星哥也开上网约车了，却再也没有见面。

我对出租车司机一向敬而远之。他们知道的事儿太多，言语多乏味。曾经有段时间，我也曾在楼下短暂停留，看风景，看车流，有司机搭讪，聊过一阵儿。我和他只是谋面，他对我的事却如数家珍。心中大骇，掉头而去。

更多的时候，说的都是"今儿拉多少钱啦""刚才拉的那位"……我只能掉头而去。

星哥很少聊这些。他只聊打球，聊球拍，聊胶皮。

他的微信也一直沉默。

前天的时候，他给我发消息了，先发过来一段视频，是关于球场的；后发过来几段语音，是关于球场的前世今生。

球场在首都机场T3航站楼，他的停靠点，从画面里看，是局促、狭小的过道，不宽阔。他说，跑了一年多，终于有人给修复了地面；也是在这段时间，有关部门也答应给铺地胶。他还说，那群司机球友也很配合，小的资金他们自己就解决了。

他最后说："再过两周，就全弄好了。到时候，请你来检阅一下。"

我不坐飞机。我去机场的机会少之又少，可我的心里有些感动。

我感动他把这个消息告诉了我。

我自恨我无德无能，文章写到1500字左右，我都当是长篇小说，但起、承、转、合我还是懂一点儿的。

所以我的回复也简单。我说，你干的这些连正事儿都算不上的，叫事业，因为全是正能量！

他的网名叫星哥，我猜是在行业里服务等级的标志。

那么，星哥，不，星爷，祝你坦途！

2018年4月21日

摩托车情节

有一个笑话。

说的是某国的情报机关，派间谍来中国找两个人，有姓有名，一个叫建国，一个叫海涛。间谍以为很容易，结果哭着回国复命了。中国叫这两个名字的人太多了！

确实。

但中国人自己分辨得很利落。比如我。

我认识的建国，我只管他叫大哥。别的建国，只呼其名。

大哥和别人打过赌。有一次我给他打电话，他把电话拿起来，对旁边人说："你听着啊，来电话的人开头第一句话肯定叫大哥。"结果当然是他赢了。

我们是同学，认识快30年了。

我闺女对我的亲人多有排斥，以前还听我说话的时候就很排斥。说到谁，她最多的一个字就是：切，外加撇嘴。我很无奈，也为亲人感到无辜。

但有一次说我大哥念书的时候，她很大笑了一次。我说的是冬天。那时候教室已经是楼房了，教室的门外有水管子。他不住校，住在校外的同学家里。快上课的时候，他来了，穿军大衣，身材高大，肩膀宽阔，背着书包，牙刷插在胸前的纽扣里——每次都是洗漱完才进教室。

我闺女笑得前仰后合。

谁人背后不说人，谁不被人背后说。见谅。为了让她知道你，我也只能出此下策。

毕业前，正逢国家举办第十一届亚运会。他去当警察了，交通警察，去秦皇岛的山海关训练了大半年，踢正步。许多学员踢得尿血。当警察前面试的时候，我们在半路正好碰见，时间紧迫，话题很多。怎么办？他说："你和我一起去，完事儿咱们再聊。"

于是同行，在一个会议室，坐着，没人敢说话。有人四处看。负责的警察说，看什么看？趴着！于是全体的人都趴在了面前的桌子上。我也趴着。

那年我们18岁。

吴少华那年也去当警察了。开运动会的时候，张建国在城里的道路上执勤，吴少华在潮白河边的高尔夫球场的草地里蹲了一个月。

后来听过一个报告，是当时的亚运会秘书长万嗣铨讲的。听众是北大的学生，万开篇说，北大是他很向往的一所学校，可惜没考上，考到清华了。

学生大笑。真幽默。

万嗣铨讲举办亚运会的艰辛，讲小学生捐了一麻袋的硬币的感动，讲有歌手唱主题歌索要40万人民币的无耻，讲感动的时候他没哭，讲无耻的时候他哭了。

那场报告，全程脱稿。第二天报纸全篇照发，无一字删改，宛若天成，真世间高人。

那个歌手我也知道。她和我姐姐同一所学校，音乐系毕业。

同学的同事有个妹妹，也是学音乐的，肤白貌美，歌声天籁，只在学校里当老师。问为什么不去当歌手？同学的同事说，我们不是那样的家庭。

30年之后，我有点儿明白了。

有点儿遗憾的是，报告里没提张建国和吴少华们。

那时候，我经常去城里找张建国。

那时候，北京的二环路都没建好。尘土飞扬中，有标语飞扬：用您的理解和我们的双手共建美丽的西北二环！后面大大的叹号让我记了这么多年。张建国在岗台上，我跨上去，他戴白手套，说："别，别。你等我下班。"

后来很多次，他回来，看见县城里的警察执勤不戴白手套，都无比愤怒："可恶！连手套都不戴！"

我们的业余生活很贫乏。很多年，他回来之后，找我。只是饮酒、叙旧。时间富裕的时候，就住在我家里。走的时候，经常说："下次接着聊啊。"

2009年央视新址起火。那天适逢农历正月十五。他被紧急召回归队。全中队的警察全在院子里站着，一辆接一辆的警用摩托车冲出去。备勤的人就在院子里站着。看冲天的大火。有消防员牺牲。所有的人都无语。

大哥40岁得女，手足无措，照顾很不得法。休假的时候，天气还微凉，他大早晨就用背心兜着闺女出门遛弯儿，结果孩子感冒。他说："我想着没事儿啊。"

他身高180厘米，体重200斤，当然没事儿。

孩子上学了，也很调皮。经常被老师告状。他说："没事儿，我们伙计那闺女更厉害。"

我年轻的时候，也骑摩托车。冬天，里面一件衬衫，外面一件大衣，不戴手套。有好几年，后背疼。想了很长时间，可能是风从大衣袖子里灌进来全吹到后背的缘故。

大哥有一阵儿天热的时候也穿毛裤。他说，歇人不歇马，警用摩托车就没有停的时候。

最疯狂的时候，我骑边三轮摩托车，练原地转向。疾驰之后，猛踩刹车，狠打方向，差点儿把腰闪了。

1997年以后，最好的三个人变成了两个人。很多次，张建国说，那个傻子就不要提了。

业余生活很贫乏。

我常常想，等闺女们大了，生活一身轻的时候，就骑着摩托车去路游，开带斗儿的边三轮那种，看看祖国的大好河山。

就大哥和我两个人，无拘无束，自由自在。

遇到蛮横不讲理的人，就由我来呵斥他："我俩都120岁了，滚！"

呵呵，这个计划，完美！

2018年5月30日

新写的旧歌

题目是李宗盛的新歌的名字。

很多天前，我看见了。我想把这首歌转发出去，想了又想，最终作罢。

李宗盛发布的这首新歌，写给一个特别的人。

新歌的主题，是关于父亲——中国式的父子关系。

新歌的文案说，歌有点儿长，歌词也有点儿长，还是希望你听完。因为那句："爸，我想你了。"

歌词里说，思念其实不是这个歌的主题。

我借用题目，也不是想表达类似的内容，只是有些巧合。2008年的6月14日，我开始在空间里写文章。内容很短，只是想开始一项业余的工作。时间凑巧，是写在父亲节前。

10年了。

李宗盛写的题目太好了。我一下子也活到了容易落泪的年纪，可是我常常微笑。

10年前的这个时候，写字的家伙还是一台旧式的电脑，四方的，桌子底下还有一部机器，运行很慢，写的篇幅也短；现在，用笔记本了，小巧、轻薄，速度很快，但字数并没有增加，可见，任何时候，任何事情，人的因素第一。

10年之前，有的时候，我还是踌躇满志，头脑里还有幻想；但现在，我想起那个时候，心里有些想笑。我已经不做梦了。可见，时间飞逝，斗转星移，多半是境由心生。

图书馆

刚参加工作的时候，单位旁边有电影院和图书馆。我所在的乡镇和所有的乡镇一样，五脏俱全。电影院落成的时间并不长，但保养不佳。有质疑的声音，也有自豪的声音，有人自豪地说："这是一个清华的毕业生设计的。"类似的解释我听过很多。村里的水渠，也有人说是清华的学生设计的。言语也充满自豪。电影也不是天天有，好像是一、三、五之类固定的日子才有。看电影主要是消磨时间，没有特别的深意。也不花钱，点点头就可以了。

那时候的生活真单调。看电影的人群里有专门为打架而去的。打架的高发时段一般在开演前。打架的一般是熟人。我的一个伴儿参军后回家休假，在电影院前遇见了学校里的对手。一个是野战军，一个是武警，互相不服气，于是开练。那时候，真年轻啊。我就在旁边看着。

还经常遇见同学，几年不见的。有一个在监狱上班，忽然遇见了。我说："咋回家来了。"他说，出事了，先回家一段时间。监狱里有监视器，应该是音频的那种。有个犯人临睡前用吃剩的窝头慢慢地把监视器的蜂窝听筒填满。查出来后体罚，有些严厉了，那个犯人自杀了。说的时候，同学声音激昂。同学人高马大，可念书的时候，经常被老师训哭。原因只有我知道，可是我从来不告诉他。听他说的时候，我比较感慨，这才几年呐，风云突变。

说的热闹是为了衬托冷落。电影院的二楼有间图书馆。记忆有些模糊，应该在二楼。房间很小，书架、地面、桌子上经常有灰尘，图书上都有印章，很冷清。但每年总有几天面貌会焕然一新。老太太要来了！老太太是图书的捐赠者，据说是华侨，跟单位的所在地有什么瓜葛已经记不起来了。据说，老太太来过几次了，有时很不满意。不满意的内容，也已经记不起来了。

我走的时候，电影院已经荒废了，屋顶经常漏雨，无资金修缮。观影者已踪迹皆无。那间小小的图书馆，也早人去楼空。那批图书的命运，不知道有没有人关注。

后来，在县城的图书馆，我还专门办了一张阅览证。去过两次，都是因为考试，抄了点儿资料。有一次考得还不错，有谣言说入了围，可以参加面试。领导出差，特意打电话给我，说："普遍撒网，重点打捞，你为单位争了光，真入了围，优先考虑你。"再后来，入围的圈子缩水，我成了漏网之鱼。原因我也找到了：考试那天，忘了戴手表。我郑重地和监考老师说了，请他离结束30分钟前通知我一声，结果老师忘了，作文没写完。也就是说，资料没完全用上。领导和我都空欢喜一场，现在想起来，有些扯淡。

县城图书馆的阅览室，很安静。大都是上了年纪的人在那看报纸。我坐在中间，有些扎眼，那年我刚30岁出头。现在我要坐在当年的那群人中间，泯然众人。

之所以说到那间小小的图书馆，我在想，那时候的自己，每天在忙些什么？如果能在闲暇的时间看看书，也不至于那么空虚和无聊。打架，看打架，养狗，学骑摩托车，学开汽车，现在想起来，无聊至极。

同伴儿

我那时候的同伴儿很多，严格意义上也够不上同事的标准。其中有一个，个子不高，体态消瘦，脸色长期是铁青色，而且话茬儿够硬，不明就里的人都有些发怵。其实他就是说话够狠，有一次还对我说了狠话。说完狠话之后，还到了院子里，但最终还是和平收场。

我们最大的交情，是一起出了一次车祸。我肿了半边脸，另一个伴儿鼻梁撞出了血，他则是撞糊涂了，大骂是谁开的车。其实都是自己人。

他很早就赌博，打麻将。我没参与过。我没干过让自己上瘾的事。在最寂寞的日子里，我也没敢学打麻将。后来，听说他负债累累，打媳妇儿，卖房子。前几年听说他死了，唯一的征兆是，死之前把欠的债还上了。

之所以要说到他，是因为死人渐多，人情见薄。那年值班，一个同事接到电话，他的一个过去的同事去世了。他立刻中断了聊天儿，自己回到了房间。后来，他把我也叫了进去，红了眼睛，讲他和去世的同事的种种，讲同事对他的帮助。

死人渐多，人死之后，大多调侃。有时我也随声附和，可恶至极。极少有人红着眼睛和我说着过去的种种。

文章越写越多，可出书的时间越来越渺茫。我可是连书的序都写好了的呀，尽管真话假话都有。小郭儿说她很期待新书的出版，我则告诉她耐心等待，看铅字版的《她们仨》。说的时候，踌躇满志，现在看，有些痴人说梦。

先生曾提倡木刻艺术，有人质问木刻的目的和意义。先生说，问木刻的目的和意义，就和问人生的目的和意义一样。

要我说人生的目的和意义，也就是人间走一遭儿，然后养女防老。

老吴

刚才提到一起出车祸鼻梁撞出血的那个伴儿，算算将近有15年没见了。有一段时间，他频繁地打电话，我都推脱掉了。不是不念，只是不见。随着电话功能的增多，他们建了一个聊天儿群。据说，聊到了我，内容是，据可靠消息，我病得很重。有人问，是我快死了吗？

内容传到我这里的时候，已经倾斜得很厉害了。我心里有些凄凉。我当时揣摩过他们的心里，还是没想明白。

我的情况没他们说的那么严重，只是花样翻新了一下。和同事见面的时候，互相鼓励：咱们的时间不多了，顶多还能活30年。珍惜，珍惜。

现在每天晚上去找老吴打乒乓球。老吴比我大10岁，身体更坏，半边儿手、腿不太灵活，但仍然孜孜不倦，风雨无阻。

老吴年轻时是游泳健将，我说："你年轻时游泳能到什么程度啊？"老吴答："能在潮白河里拉渔网。"

他说的那时候的潮白河，相当于领袖诗里的秦皇岛外。白浪滔天。

之所以谈到老吴，是因为我们是现阶段最熟悉的人。老吴很羡慕我的生活状态。他说："你有时间照顾老人，我那时候不行。时间紧，任务重，顾不上。"

写了半天，老吴的话和题目能扯上点儿关系了。要不然，说了半天，乱七八糟。

老吴说得有些低沉。我的同事周则说得慷慨激昂："爹妈都死在我手里，我也从来没害过人，神鬼不怕！"

李宗盛在歌里写：一首新写的旧歌，不怕你晓得，那个以前的小李，曾经有多傻呢。

每天像个没事的人一样穿行在异地谋食的街道上，心里那么多不堪的事，渐渐地淡忘掉，开始下一个十年。

没有消息，就是好消息。没有故事，就是好故事。

2018年6月14日

写在纸上的善良人

在初夏的日子里，这是一个难得的好天气。阳光炙热，天空湛蓝。

我的同事周马上就要退休了，工作42年，该歇歇了。

我们有一个共同的老师。消停的日子，他就给老师打电话，话听着有些肉麻。经常是，您干啥呢？没事儿？我也没事儿。就是想您了。

在去老师家的路上，我们相谈甚欢。

谈到出书的打算，他说："我支持你。"我说，前言已经写好了，准备写后记了。后记的题目是刚刚酝酿的。就叫《宝山兄其人》。宝山是他的名字。

好！

其实已经写好了一篇后记，净是赞美之词，是讨好另外的对象。现在看，应该、可能用不上了。

运作的过程犹如节目的彩排，时间长了，有些折磨人。我很理解半途而废的那些人。悲壮剧是不能长久在心里的。好多的豪言壮语，也只能说说而已。鲜衣怒马，终抵不过粗茶淡饭。

老师72岁了，走路总是一路小跑，让学生有些汗颜。

老师今天有事儿，在自家的小院里写稿，但没能成功。搅局的学生和老师互动做了会儿游戏。

院子很小，绿廊占了大概其三分之二，仰头可见青涩的葡萄。未成熟的葡萄果实，看在眼里，酸在口腔。旁边是长在橡胶轮胎里的花草。

师生三人坐在绿荫下喝茶、聊天，其乐融融。两个学生怎么看都不像是葡萄架下的狐狸。

快30年了。那年毕业考完试，找老师告别。在屋里，说话，抽烟。老师说："你抽烟了？"

抽烟了，抽了快30年了，戒不掉。

茶水甘醇，饭前喝，饭后喝。

真是有生以来最快活的一天，心理的，生理的。

有将近20年，单位的办公地点都游离在大院之外，单独的院落。在大孙各庄时也不例外，搬过两次家，冬天的时候在西院，春天的时候搬到了南院。南院刚过去的时候荒凉得很，院落杂草丛生，房屋也有些破旧。

院子的东南有座水塔，年久失修。重新启用之后，水是褐色的。涓涓细流，流了很久之后，才可勉强洗漱，但饮用是万万不可的。

房子有两排，两排房子之间有过道。在东侧，没事儿的时候，就在过道的阴凉处聊天儿，家长里短的，基本上没有正式的话题。

去大孙各庄之前，我几乎要下决心戒酒了。身体已经有异样。麦收之前，所有有任务的人聚在一起会餐，俗称"上马饭"。但是不是这个词，我不敢打包票，大体上是这个意思。我说："我不会喝酒。"老穆说："我打听了，你能喝着呢，别客气啦。"

老穆说话语速很慢，听起来透着亲切。说话拉长音，可以试一下。

我说："你问谁了？"老穆说："我亲戚。"

等于没说。

后来我们就经常在过道里聊天，聊的内容没有一件是国家大事。

平时遇见，也开玩笑，直到我走，也没有不愉快。

在老师家的小院里接到别人电话的时候，我在心里迅速地回想了一下时间和画面。11年了，估计老穆该退休了，估计也早抱上孙子了。

如我所料，退休了，也抱上孙子了。

我没料到的是，人不在了。同事告诉我的，是一个坏消息。更坏的消息是，非正常死亡。

11年间，没有再见面。

离别之后，天空湛蓝。

回家之后，开始写这篇短短的文章。写了，放下。放下，再写。我不知道该怎么描述一个相处了几个月的同事，我也不能打听他的生前身后事，我也不知道记录发生在同一天的两件事的文章该如何开头和结尾。

我知道的和能做的，只有把他记录下来。

我已经听够了背后互相诋毁的聊天儿，我也厌倦了当面鸡毛蒜皮的利益纷争，所以，写在纸上的，也只有相忘于江湖的那些善良人。

不是和时间赛跑，是将生命拖延。

抱歉，又写了一个关于死亡的故事。但生活就是这样，开头和结尾，往往反差巨大。

2018年6月28日

宝山兄其人

没有统计过他在文章里出现过几次，统计其实也没有多大的意义。因为文章写得短，某个人出现的时候，就像疾驰的车辆外一闪而过的风景。但惊鸿的一瞥，更能长久地留存在记忆里。

距第一次见他，已经过去快30年了，他那时候在武装部当干事。武装部在院子的西北角，是独立于办公楼的三间平房。房间被他收拾得干净利落，稍显零乱的是大木桌上的笔墨和宣纸。没事儿的时候，他就在桌子上写书法，军装整整齐齐，头发一丝不乱，有时候显得优哉游哉。第一次听他聊当兵时候的事儿好像就在那三间房里，说的好像是武装泅渡黄河的事儿。近30年后，再聊起来，他说，没有的事儿。武装泅渡不假，但绝对没说过黄河。事情的尘埃落定，是今年他们战友重逢所印刷的纪念册——回眸五连战友情——所证明了的。战友回忆武装泅渡的地点在官厅水库，离部队——北京卫戍区警卫一师——并不远。

记忆之所以有偏差，大概是当时我把许多事情想得太过于壮怀激烈了一些。

有的人说得壮怀激烈。有一年，在海边，当过海军的人谈游泳。周先生说，他当时刚复员不久，壮志尚存，当即就和从海军复员的同事一起下了海。游到一半儿，海军就已不知去向，他一直游到了防鲨网。

"有些人就会瞎吹。"他总结道。

今天是解放军装甲兵的创始人许光达大将诞生110周年的日子，有媒体刊发了回忆文章。其中有一幅照片引起了我的共鸣，是许光达陪同毛主席观看坦克部队比武的画面，时间是1964年6月14日，地点在南口羊坊靶场。带领一连参加比武的连长，是我父亲的战友黄维良。

1993年，在毛主席100周年诞辰的时候，我大爷在纪录片里看到了他当年参加比武时的影像。他说："我下令坦克开始射击的时候，毛主席就在后面看着我！"

挑选参赛的连队，从全军到军区，从军区到师团，层层选拔，优中选优。政治上绝对可靠，技术上绝对一流，作风上绝对优良。

我和别人说过，他在我心里就是一个传奇，一个英雄。

宝山兄传奇的故事有两个。

一个在部队里。

因为有文艺特长，他在部队里负责连队文化室建设，团司令部的墙报、板报的书写，绘画。另外负责连队教歌，指挥，在当时全军推广、学唱的12首军歌比赛中，获得北京军区第一名。

这件事算传奇吗？当然不是。

传奇的是，这件事惊动了著名的指挥家李德伦。在他当时的警卫目标——首都体育馆外，李德伦在部队首长的陪同下，提出要见一见那位在军歌比赛中担任指挥的小战士。当时的小战士——周宝山——正在哨位上执勤，听到命令后，跑步报到。军容严整，笑容灿烂，腰间别着手枪。在腰间别着手枪的情况下，他给李德伦又表演了一番指挥动作。大师除了表扬之外，还给予了指导。

另一件事在地方上。

他复员以后，开始在文化站工作，空闲的时候，还是写书法。

20世纪80年代的某一天，书法大师刘炳森到基层文化站采风——其时，他正在组织书法夜校——看到了他的作品。他写隶书，大师亦是隶书。大师除了表扬、鼓励之外，也进行了指导，并为他留下墨宝。

他说，他最喜欢的两件事，都得到过顶尖高人的真传，实乃人生之一大幸事。

他还有一大幸事，就是他今年退休了。

退休了。他终于可以干他另外最喜欢的事了——发掘、整理、推广顺义区的民间文化。

其时，已经好多年了。

从他重拾杨镇龙灯会开始，到他带队参加电影《南北少林》

的拍摄开始，到获得"龙狮舞之王"称号，已经几十年了。他最喜欢最近拍过的一个片名叫《龙狮舞中国》的片子。

在接受《中华英才》杂志记者采访的时候，他说，他希望能走向世界。

振华师今年72岁。宝山兄今年60岁。我今年48岁。宝山兄和我全是振华师的学生。

振华师从一个普通的语文老师到一个作家，宝山兄从一个文艺爱好者到顺义区文联副主席，我大爷参加过声势浩大的1964年大比武。

他们全都把自己的职业做到了极致。

他们全都是我的至亲。

我算不算一个传奇？

2018年11月19日

旧事重提

很早的时候，我就想找个帮忙做饭的。按照鲁迅先生的说法，阔气一点儿说，想找个厨子。

更早的时候，和别人在一起吃饭，出饭钱的是一个有钱人。吃到一半儿的时候，那人说："我们是老北京，早年间家里就有厨子和保姆。而且爷爷是解放后部队里的将军。军衔还不低，中将。"于是同行的人的嘴里就发出了几声"啧啧"的赞叹。

按理说，我也应该在吞咽的间隙中发出这样的赞叹。可是，并没有。我知道他是吹牛呢。我说："爷爷是五五年的中将还是八八年的中将啊？"

于是，支支吾吾。于是，顾左右而言他，话题就岔过去了。

这年头，造假不好造了。网上一查，家世清楚，名单俱在。

这年头，简单一点儿不好吗？

我找厨子，只是为了我父亲吃得好一些罢了。如此而已。

我给他做了两年饭。

做到最后的时候，真的有些力不从心。从采买到下厨，从下厨到收拾，简直没有余暇。

做到最后的时候，厨余布满厨房，碗筷堆满水池。吃面食的时候，和面拔不出手指，到处都是面粉的痕迹。

那时候，我想，敢情做饭也能耗尽人的余生。从此，我对家庭妇女充满了敬意。

找厨子的念头从去年年中就开始了，也付诸了实施。

托付了几个人。后来陆续回话，都没有合适人选。

于是，心情有些焦躁了。心情焦躁的时候，和面愈发拔不出手指。

后来，速冻食品逐渐多了。速冻食品多了以后，旧冰箱逐渐显现了老态。低矮，破旧，速冻室狭小。冰箱门上满是面粉的痕迹。有时候开门，一不留神，包装袋依次倾泻而出，砸在身上，还有些生疼。

我又换了一个大冰箱，高大、生猛、通体白色。运进门的时候，我真觉得它有些大了，须仰视才见。但弊端也来了：它进不了厨房了。只好安置在客厅的一角。但弊端又来了：夜深人静的时候，它启动的"嗡嗡"声还是有些撩人。

我就睡在它的隔壁。夜深人静的时候，就枕着"嗡嗡"声入睡。

先生这样诧异故乡的干菜，他说："究竟绍兴遇着多少回大饥馑，竟这样地吓怕了居民，仿佛明天便要到世界末日似的，专喜欢储藏干物品，有菜，就晒干，有鱼，也晒干，有豆，又晒干，有笋，又晒得它不像样。菱角是以富于水分、肉嫩而脆为特色的，也还要将它风干……"

看到先生这段话的时候，高大生猛的白色冰箱里正储藏了各式各样的速冻食品：速冻水饺，要三全牌的，筋道；汤圆，也是三全牌的，我父亲喜欢吃；还有方便面、速冻面条、老干妈酱……

我想，鲁迅先生可能是不下厨房的。

正当我对烹饪速冻食品越来越有心得的时候，去年八月底的一天傍晚，我走出胡同口，一个街坊说，那什么，有一个人……

我几乎没什么犹豫，就同意了。

家里来了一个厨子。

我记得去年我跟厨子说："谢谢你帮我一个忙。"

我姐姐预支了半年的工钱。

从此厨房焕然一新。

但是，从此，我的糖尿病更重了。

于是，有了厨子之后，我改吃窝头。生活水平更差了。

前天，孟同学说："咱们该吃顿饭了。"我说："我一天只吃四个窝头，你说这饭怎么吃？"同学说："过几天，就是我结婚纪念日了，那天，不正好是你生日吗？当年，你是过来帮忙的。"

我想起来了。

186

同学说："我是这么想，咱们都这岁数了，有生之年，能一块儿多待会儿就多待会儿。"

有生之年？那就这么定了！吃菜团子！

东拉西扯地写了这么多话，其实，我主要是说给我母亲听的。

明天，是她去世的周年忌日。13年了。

老话说，会生的，生在八月，会死的，死在腊月。她去世的时候，正是数九寒天。出殡的时候，在滴水成冰的户外，我只穿了一件衬衣，一件外套，也没感觉冷。什么感觉都没有。

她的后事办得很简单。非常简单。我谢绝了很多人的好意，包括很多亲戚。人死之后，一拍两散。

那年，我36岁。

我母亲经历复杂，脾气极大，但她善良。小时候，我家的屋后，是一片阴凉地，又挨着街道，常有手工业者，皮匠、铁匠、弹棉花的、焊洋铁壶的在劳作。每逢吃饭的时候，她总命我去送饭给匠人吃。而且，从不图回报。

在我的心里，她并不是一个慈母。她从不忍让。她从来都是抽刃向更强者。但每逢我个人的重大抉择的关口，她总是说："没事儿，大不了回家吃饭。"

我离家工作之后，她又常常说："你要是一个傻儿子就好了，那样，你就不用上班了，就在家和妈待着。"

龙应台说："我慢慢地、慢慢地了解到，所谓父女母子一场，只不过意味着，你和他的缘分就是今生今世不断地在目送他的背影渐行渐远。你站立在小路的这一端，看着他逐渐消失在小路转弯的地方，而且，他用背影默默地告诉你：不必追。"

我回避过很多问题，我以前认为不值一提，现在认为，全是扯淡。

有人劝我把我父亲送养老院。我说，老头儿年轻的时候，一个人拎着皮箱从部队来到北京。现在老了，一个人了，你想，有这种可能吗？

这话，壮胆儿，也让我母亲在地下心安。

等我老了，我也心安。

2019年1月4日

你是这样的《读者》

几次搬家的劫存，是三大摞《读者》杂志。数量不详。目测了一下，每摞均至我的膝盖处。个人身高不同，我说到我的膝盖处，别人也猜不出杂志的数目。但想想每月一期，到后来的半月一期，经年累月，薄薄的一本册子，累积到这种高度，还是让自己有了点儿感慨。

什么感慨，现在已经忘记了。反正这三大摞杂志，已经堆放在厨房的角落里了。作文须放荡，储存不谨慎。

在我父亲住处的我的斗室，还有一堆的《读者》，胡乱地堆在书架的底端，落满了尘土，它们是近五年来往返首都看病的副产品。一个病友说："怎么还看《读者》？纯粹的文化快餐！"我心说，文化和我一点儿都不沾边儿，这杂志就和我有时走路拿的拐杖一般，漫无目的。

因为长居我父亲住处的斗室，发了感慨之后，拿了三本旧《读者》回斗室翻阅，跨度最长的一本是2006年第五期，后边的括弧里写（总370期），目录是这样的：

此外，还有人物、社会、人生等等栏目。

看到这里的时候，我的心里所感慨的，只有杂志的年代，那时候，我的生活是怎样的呢？

那时候的单位所在，是一个古镇。所辖面积100余平方千米。也有说96平方千米的，我也不知道确切的数字。总之她是一个古镇。有的说她民风淳朴，有的说她乡民彪悍，有的说她市井狡猾。我也不能确切地形容她。我老师就是土生土长的古镇人，我们情同父子。一方面是父子情深，一方面也是民风淳朴。

有一个笑话。说的是两个亲戚在古镇集市相遇，居古镇的人对他的亲戚说："中午来家里吃饭啊。"言辞恳切，表情丰富。

临近中午，亲戚到他家里去了，久唤无人。但隔着窗户，见满桌饭菜，主人就是不归，饭肯定是吃不成了。下次再见面，居古镇的人埋怨亲戚："做了一桌子菜，你怎么不来家吃啊？"

市井狡猾。

上班的时候，常见乡民彪悍。

有刘姓者，身材高大，表情凶狠。我在念书的时候就听说过他，20世纪80年代，"严打"期间，他被送新疆服刑，刑期不详。盛传在押送的时候，他跳火车逃跑，被打死了。但后来回来了。果然是谣传。人的寿命，不会那么短暂的。

他心情好的时候，聊起过经历。那天该出事儿。他说，酒后去饭馆，发生了口角，他趁着酒气，一口气将饭馆落地窗玻璃砸毁三块儿，折合人民币100余元，身上带血，蹿至街头，继续示威。后派出所所长、指导员全都赶到，他先是破口大骂后挥刀直逼所长、指导员。

改造回来之后，生活渐渐也有了起色：有了住处，做小生意，娶妻。但不能生子。年龄大啦！

后来遇到拆迁。他大闹不止。找我很方便，心情好的时候就聊天儿；聊不好的时候就跟我扮演狠角色，说他在监狱里的时候，打武警。我说："你真打了吗？""真打了。"在监狱的时候，他在菜地里劳动，跟武警起了争执，把武警打了。说的时候，一脸严肃。我说："怎么着也不能白打了吧？""后来排长到了，把我打了一顿。"一脸的沮丧。

到后来，他的动作越来越升级。有次趁着上级到单位开会，他纠集十数人，在会议室外呼喊口号。警察到了，仍不肯罢休。都是老熟人了，警察开始好言相劝。他又要和警察动手了。其中一个警察是监狱警察出身，一个背摔将他放倒在地，警察的皮鞋踩在他的脸上，说："给脸都不要，是不是？"

过了几天，他急匆匆地找到我，说："胖子，你给带个话儿，我准备全把你们突突喽！"他做了个开枪的动作。我说："也包括我吗？""也包括你！"

我都死了还怎么带话儿！

我现在想，多亏那时候也看《读者》，让我在这样的人群和环境中，相信仍然还有一个另外的人群和环境。虚幻的，又真实存在的。

仅此而已。仅此而已。

2014年第23期《读者》里，有柴静写的文章《学人旧事》。说的是北大的王瑶。"他极度敏感，一天花几个小时读报纸，从字里行间去分析各种形势、动向，有的分析极独特，有的不免是过分敏感"。又总伴随着对自己及周围人的实际命运的种种揣想。

他的弟子钱理群说结果要不就是"战战兢兢，如履薄冰"，要不就是"看得太透，就什么也不想做了"。

王瑶年轻时一年一本地写书，到后来写不出来了。

他在临终前，对钱反复叮咛："不要再分析了，不要再瞻前顾后，沉下来做自己的事。"

柴静说她看张爱玲的《五详红楼梦》，看到自序中说她在其中掼将了10年下去，"在这去日无多的时候，不能不算是一个豪举。"柴静说，这话异常沉郁顿挫。真是云垂海立，让人心惊。

现在，我看鲁迅先生的书。先生眼界极高，聪明绝顶。也有让他动心的文字，他说明朝张岱在《陶庵梦忆》里，记扮《水浒传》中人物云："……于是分头四出，寻黑矮汉，寻梢长大汉，寻头陀，寻胖大和尚，寻茁壮妇人，寻姣长妇人，寻青面，寻歪头，寻赤须，寻美髯，寻黑大汉，寻赤脸长须。大索城中，无，则之郭，之村，之山僻，之邻府州县。用重价聘之，得三十六人，梁山泊好汉，个个呵活，臻臻至至，人马称娖而行。"

先生说："这样的白描的活古人，谁能不动一看的雅兴呢？可惜这种盛举，早已和明社一同消灭了。"

爱看先生的书，仅此而已，仅此而已。

在写短文的间隙，出去溜达了一趟。阳光强烈，泼水成冰。头顶是瓦蓝瓦蓝的天空。买大蒜三斤，米醋两罐。腌腊八蒜。

过了腊八，就是年啦！

2019年01月13日

乒乓乱响

每一个男人在幼小的时候，大抵都有一个功夫梦。大抵是这样。我想原因无非有两个，一个是自身荷尔蒙分泌的缘故；一个是为了自保。在男孩子扎堆儿的地方，每一个团伙儿都是一个小小的江湖，诡异而危险。

童年玩伴长青，小时候是当头儿的。他并不会功夫，他有的只是冷静和凶悍。小时候放假，早晨一起来，就奔他家而去。通常有三四个孩子早在他家里了。我那时候学历不够，只能给他抄作业里的生字，比他大的孩子则给他做算术作业。还有的在院子里摔"方宝"——我现在也形容不好这是怎样的一种玩具，纸叠的，四角方正，在地上互相扇，借助瞬间的风力，将对方的方宝翻个儿就赢了。赌注不大，输赢惨烈。长青就在炕上睡觉。太阳老高了，他才起。大家伙儿才一起奔向野外。一起野去了。

夏天可没有这么舒服。都得帮家里干活。主要的工作是拔猪草。有一次在地里，碰见了村里一个长期单玩儿的叫什么狗的孩子。此公狡猾异常，善于奔跑，连我们这堆儿里最能跑的老二也跑不过他。那天不知道什么原因，把他堵住了。为什么堵住他，大概是大家都比较讨厌他的缘故吧。长青把他痛殴了一顿。分散开的时候，他四脚仰天地躺在水渠边，也没人搭理。大家心里很痛快，觉得终于完成了一件大事。

村里还有一个蛮横的孩子。不好惹，蛮不讲理。有一天在胡同里发生了口角，被长青狠狠地打了两个嘴巴子，没敢吱声儿。又痛快了一次，但我从来都是一个旁观者。

也有男儿当自强的孩子。上四五年级的时候，村西南角住的孩子跟我说，住东南角的那个孩子开始练功夫了：每天用拳头在水桶上敲若干下儿，坚持若干年，以期练成类似铁砂掌一类的技能。还有在腿上绑沙袋练轻功的。现在想起来，大概他们是为去镇子上念中学做准备了。

战备得抓紧啊！

小学唯一的一次出手，是和一个腿有残疾的孩子。那孩子太难缠，上幼儿园就在一块儿，难缠到老师急了能用绳子把他吊在房梁上。你说难缠不难缠。那次他缠住我的时候，正站在一个土坎上，脚下是一米半的深沟——当年村里正在通自来水。我趁他高声叫骂达到高潮的时候，脚钩肘击，将他掀翻在沟里。然后我一溜烟地跑回家里，把院门锁紧，闭门不出——代价还是有的，他后来用石头把我家屋顶的瓦砸破了几块儿。

前几年我回村里叔叔家的时候，正巧遇见他从我叔叔家里出来，满面春风地和我打招呼，我也打招呼。在感叹长大真好的时候，发现他的眼睛周围黑了一圈儿，我说："咋整的啊？"他说："媳妇儿用平底锅打的！"说完，扬长而去。

没过多长时间，听说他得了脑出血，死了。黑眼圈儿是此病的特征之一。

当年练功夫的那个孩子，开了很多年的出租车。

长青也当了爷爷了。

得病以后，我尝试过许多种锻炼方法。其中之一就是想学功夫。后来看见泰拳中的高扫腿号称"划过天空的剃刀"——形容拳种的凶狠程度，顿时就决定以走路为主。

后来我打过一阵儿羽毛球。也很有趣，也很锻炼身体。坚持了好几年。魏老师是当年的球友之一，球打得很好，后来走散了。再遇见的时候，他笑眯眯地说："球还打着呢吗？"我说："偶尔。您还打不打了呀？"魏老师说："我改打台球了。膝盖做手术了，不行了。打台球还行，跟驴拉磨一样，瞎转呗！你也别着急，早晚也得打台球！"呵呵！

趁打台球之前，我先打乒乓球了。遇到了老吴。

有点儿相见恨晚的感觉。老吴也有这种感受。

老吴是我的球友之一，联系很密。开始密，是因为球技差，水平又相当，所以老联系。老吴的乒乓球生涯很坎坷。刚打球没多久，颈椎出了问题——老毛病了。病愈后复出，练得更加刻苦。去年整个夏天的夜晚，我们天天泡在一起，风雨无阻。夏天雨水多，雨后的街道，坑洼处积水，致使我的出行受阻，老吴就开着电动摩托来家里找我，我则像个残疾人一样，偎坐在车的后斗里，风驰电掣般地扑向球场。几次中途遇雨，老吴就拿出事先准备好的雨伞，命我撑好，雨伞太大，在风雨中飘摇，电动摩托就像汪洋中的一条船。

唐师曾说世界上有两个地方令他神魂颠倒。一个是枫丹白露，因为这个法语译名文雅、亮丽、色调宁静；一个是耶路撒冷——"每当我启齿念出这两个字时，舌头在嘴唇、牙齿、上颌间轻微颤动，都会产生奇异的快感"。

嗯，跟我现在听到乒乓球这几个字一样，不由自主地浑身颤抖，两眼放光。

过完年，我父亲已经81岁了。前几天不慎跌倒入院。晚上，我从医院出来，在走廊里，碰见一对老迈的夫妇。老太太坐在轮椅里，老爷子推。我主动搭话："老爷子多大年龄了啊？"老爷子说："我89岁啦！"我说："用不用我帮忙啊？"老爷子说："不用，我还行呐，我身体很好的！"

开头和最后的故事相差了40年。我也是近知天命的年龄了。

以前，我愿意听兄弟、朋友、聪明、漂亮、有情人终成眷属等等有些不着边际的话。现在，我最想听的两个字是：活着。

"每当我启齿念出这两个字时。舌头在嘴唇、牙齿、上颌间轻微颤动，都会产生奇异的快感"。

念完这两个字，我浑身颤抖，两眼放光。

2019年2月13日

建房琐记

一

在一个地方待久了，总有些腻烦的感觉。但离开一个地方时间长了，还有些想念。

时间不长的时候，聊天儿，我说想在海边置所房子，养老。"我想有所房子，面朝大海，春暖花开"，这样酸的词儿还没捅出来，年龄大的一个伴儿说："趁早儿算了吧，年龄大了，心思一会儿一变，过几年你再试试。最好还是回家。"

时间不长，不幸而言中。

我得回家建房子了。

当年离家的时候，我的心里还是比较决绝的。那年我母亲离世，剩我父亲一个人，院子顿显空旷而衰败。回去的时候，我一秒钟的停顿都没有，收拾衣物，没有细软，带我父亲离开老家。

老宅从此孤零零地待在村中，任雨打风吹。

那年我患股骨头坏死，起卧困难。如厕更是难题。难得请假，在家里趴了一个星期，但丝毫无好转迹象。我心想，得去医院看看了。但孤掌难鸣，我又联系过去的同事高，他答应得很痛快，非常痛快。心里稍许安慰。高比我小10岁，由于工作的关系，他的行为比一般人要机警得多。人员挑选好了，心里一块儿石头落了地。心情放松的时候，往往有悲剧发生。头天晚上，一个伴儿打电话，唤我过去叙旧。我说身体欠佳，不方便。对方说，有德国啤酒，有新鲜的落花生，都是为我专门预备的。面对美食的诱惑，我于是打着友谊的旗号，挣扎着起身去赴宴。

德国啤酒，新鲜的落花生。饕餮大餐。

第二天早晨，不等我的闹铃响，高的电话已经打过来了，在楼下等我。时间仓促，秩序打乱。洗漱的时候我犹豫了一下用不用上个厕所，仅仅转念而已。蹭着下楼。

两人会师之后，挽着搂着上了公交车，直奔首都的积水潭医院而去。公交车上人潮拥挤。因为我是病人，专门选了靠后的座位，高则站立在旁侧。在将近终点的高速路上，我的腹内开始翻江倒海。昨晚的大餐已经完成了它的使命。我跟高说，我不行了。高听完之后，奋力挤向车头，等他返回的时候，车已经停在路边了。不但车停了，他的手里还攥着一沓卫生纸！

我现在想想，他肯定跟司机说我病危了。

换了出租车，接着向医院飞驰。

等站在医院的厕所里的时候，我才发现骨伤病的医院里的厕所是有扶手的！靠着扶手，我觉得真是一个幸福的人。

以前听过、说过那么多假大空的话，全是扯淡！有个扶手最重要！

前些天，又和高见了一次。神情依旧。只不过头发全秃了，索性剃了光头。他说："大哥，我都认识你12年了。"

现在，我父亲的养老遇到了同样的问题。

自从年初不慎跌倒之后，我父亲再也离不开人了。前一篇文章我还在吹嘘家里找了厨子，跌倒之后，厨子已不堪使命。再说，厨子家里已经拆迁了。自从住处对面的村子拆迁之后，街面上已经很少看到黑出租车了。原来闲散等客的司机已经闲散地开始打牌了。

开始找保姆。已经换过一个了。第一个来之前，我已经困在家里一个星期了。60岁的保姆来了，我仿佛看到了救星。什么都没谈，晚上就在家里住下了。开始我以为，男女保姆们都是一个人孤身在外，在雇主家里尽心竭力地服务。敢情现在都在本地安家了，言语里透着自豪，我也很欣慰，但情怀究竟是一文不值的。因为老人晚上频繁地起夜，我跟保姆说："上半夜我来看，下半夜你来看。""行。"回答得很痛快。但问题来了，保姆前半夜不睡觉，想看电视。我说："你不睡觉，下半夜顶得住吗？""没问题。"这次回答得更干脆。我很怀疑，心里说：您都60岁了，长此以往，钢铁战士也得趴喽。

不出所料，没过两天，我再问状况的时候，保姆说最好换一下班。我心里有点儿愤怒了。然后说，家里换了指纹锁，需要他回去录一下指纹。他请假。我已经愤怒了。但我说："好的。快去快回。路上注意安全。"

等他回来的时候，我给他结清了工钱，一拍两散。

我又在家里困了好几天。

我有些想念老家的院子了。有点儿想念家里冬暖夏凉的老房子了。再说，如果有点儿什么事儿，在老家有亲人可以帮忙。新的保姆来了之后，我抽空回了趟老家。我想得很简单，把老房子改造一下，舒适、宜居就可以了，我父亲能在院子里晒晒太阳就可以了。两个可以就可以了。

但老屋的破败超出了我的想象。椽木糟朽，黄土外露，院墙低矮。站在院外的高台上，院里的破败一览无遗。老屋的年龄和我一般大，已经半个世纪了！捂着脸出来的时候，我一秒钟的犹豫都没有——拆了她，重建！时光转，光阴迫，50年太久。

巨额的财富马上就要化作钢筋水泥了！

再过10年，我也需要回家养老了！真残酷。

我闺女每次回家吃饭的时候，如果有人咀嚼声音过大或者有什么别的不雅声响，她马上就露出鄙夷的神色。我那时候常常想，等我老的时候，有你好看的。

但现在，心思变了。等我老了，就偏安一隅，一声不响，形同僵尸。

但现在不行。没到退休年龄之前，还得继续低头讨生活。生活到最后，最好就像我的同事周说的那样，到时候拍着胸脯说："爹妈都死在了我手里，神鬼不怕！"

诗人艾青在他的长诗《我的父亲》里说：他是一个最平庸的人；因为胆怯而能安分守己，……把那穷僻的小村庄，当做永世不变的王国；从他的祖先接受遗产，又把这遗产留给他的子孙，不曾减少，也不曾增加！就是这样——这就是为什么我要可怜他的地方。

我闺女大概以后就是这么看我的。

管不了那么多了。

有时间，在一片瓦砾上，我得回忆一下这个院子的前世今生。

二

手边有一本2016年8月22日出版的《人物周刊》。总第484期。定价：港币20元，人民币10元。这些小字儿，在封面的底部。透过眼镜儿，我现在已经看不太清了。当年买的时候，还没有这种感觉。

封面人物是作家老舍。标题是：风中老舍。文章前面有一段话是这样说的：时代不断在变，大家都在探望着风向。不管风往哪里刮，一个确定的事实好比《四世同堂》的结尾：槐树叶儿拂拂地在摇曳，起风了。

最后的句号是我加的，原文中没有。没有句号的原文，显得更加意味深长。老舍先生我没有见过。先生于1966年8月23日自沉于太平湖。我一直想见的是舒乙——老舍先生的儿子。

很多年以前，我在电视上看过一场大学生辩论会，好像是北大和其他学校的选手。但那批人和新加坡辩论会的复旦大学蒋昌建那批人已经不能同日而语了。但舒乙先生好像很兴奋，讲了一段话。总结的时候，他说，好像在主席台的上方，看见了一幅标语，上面的大字是——英特纳雄耐尔一定要实现！

讲话很感染人。

几年之前，上级单位曾邀请舒乙先生讲座，讲关于老北京的历史话题。我没能赶上。据说，秩序很不好，临近结尾的时候，有很多人提前离场——有回家做饭的，有出去逛街的。先生也有些无奈。

我听说之后，一直很郁闷。

现在，再也没有这种机会了。

但我父亲见过老舍先生。

老舍先生于1962年停止《正红旗下》的创作，1965年3月率中国作家代表团访问日本，回国后写的散文《致日本作家的公开信》没被获准发表。1966年，先生前往顺义陈各庄，写了篇科学养猪的快板书《陈各庄上养猪多》：

新中国，万象新，打起竹板，唱唱新农村。新农村，真方便，一来来到北京东北的顺义县。顺义县，好风光，渠水浇田稻麦香。好光景，说不完，雄心壮志，庄稼增产赶江南。说不完，咱们挑着说，介绍介绍陈各庄上养猪多。

先生的绝笔，受到很多人的诟病。

但我感兴趣的不是这个。先生到陈各庄这个小村庄的时候，住在邻居福元的家里。这个细节竟然还有人记得！不信可以百度一下。主要是福元是我家后院的邻居！

福元大哥辈分小，虽然他的年纪比我大了将近半个世纪，但我们是平辈。在我小时候，他家是标准的北方民居的样式。两进的院子，灰色的瓦房。院里有大水缸、石榴树。那时候，村里来了重要的客人，他家是主要的接待场所。相当于帝都的北京饭店，很是给村里长脸面。

福元大哥已去世多年了。他家的房子，已经翻建过两次了。现在是二层的小楼。

村西的道路，原本是一条土路。出村的地方，紧挨着场院。丰收的季节，场院里一派繁忙景象。成垛的麦秸都堆在院墙根儿——墙外就是路。大人们忙收获，我们忙着玩儿。从高的成垛的麦秸上往下跳，而且专等来车的时候。现在想想，能活到现在，真是命大。

再后来，村子南面修大秦铁路。陡然增加的载重卡车让路面不堪重负。晴天土，雨天泥。村子里有人在路上设路障，也让铁路工程局的司机不堪重负。

那年，村里的一个伴儿去上警校。几年不见，我十分想念。家里没地方呆，我俩就去了村南。那时候铁路已经修好了，我们就在铁路的涵洞里聊天儿。他还拿制服上的红领章给我看。

多年以后，在另外的一个伴儿的家里，又想起他，多少年不见了。找了号码，给他打电话。电话那头儿没有寒暄，只是说："你怎么知道我的号码？"再说下去，恐怕要公事公办了。

很长一段时间，我都不能释怀。

好在，我现在已经不那么想念一个人了。只是，琐细的日常之外，还有烟波浩渺。

等房子建好了，愿意也罢，不愿意也罢，我很有可能在此度过余生。只是，那么多的事儿，不能写，不能说。

收藏了一幅农村三室一厅房子的效果图。赭红色的墙面，赭红色的瓦，俗到我怀疑人生。但它的标题很动人。

它的标题是：壮志凌云。

三

因建房而起，已经写了两篇文章。简单而零乱，完全不得章法。但往往是这样，简单、零乱而不得章法的事儿，在我的脑子里已经扎了根，任你如何消、删、减，它仍在那里，而且永远在。永远在。

小时候学写作文，经常写的句子是"只见一个年过半百的老人……"后面是一连串的动作，基本是健步如飞、挥汗如雨等等凭空而来的想象。更过分的是，有的孩子写放假找同学写作业，说走到同学家门口，就听见"沙沙"的写字声儿，那时候，流行一种用筛子测字法，纯属迷信活动，老师联想到这儿，于是大吼一声儿："你的耳朵有这么灵吗？是不是家里面在搞什么事情？"

听得我心惊胆战。于是下次，更是下笔数十言，离题千万里。

　　只是现在，我也是知天命之年了，基本上还能健步如飞，打球儿还能挥汗如雨。但坐下来写字儿的时候，还是下笔千言，离题万里。七岁看老，小时候的预言，基本准确。房子主体完工的时候，我也想登上房顶，一览全貌，但看到梯子陡直，钢筋暴露，终于"自暴自弃"。

　　就是说，我还是认清了自己，不再抱有任何的幻想了。

　　年初，我父亲去医院看病的时候，在输液室，巧遇村里和我姥爷同辈分的族人，已经88岁了，声音洪亮，步态轻盈。亲人见面，分外热情，于是聊得热火朝天。为了聊天儿方便，我还把俩人儿的床挨在了一起。床在一起，输液的瓶子也挨在了一块儿，通体上下，蔚为壮观。说起了过去很多的人和事儿。聊了一阵儿，终于说到了我姥爷。此姥爷说彼姥爷："你姥爷，人聪明极了。那模样长得，如果要比较，咱们都属于歪瓜裂枣。"

　　此外，还是我姥爷脾气如何暴躁，一辈子没有师傅，没有徒弟等等一些我从别人口中听到过的故事。

　　当时我就觉得，这哪里是在看病啊，简直就是一场盛大的聚会。末了，此姥爷的孙子说，"我爷爷能活100岁！"但愿。但愿。

　　我姥爷要活着的话，今年已经120岁了。

　　20年前，在他冥诞100岁的时候，我母亲执意让我把城里的表兄唤回家，扎花圈，写挽联。事前谁都不知道是何事。烧花圈的时候，我母亲痛哭一场。我和表兄就在旁边看着。我也忘了我当时的心情。

那年我30岁，我姥爷去世30年整。我们没有见过面。他头天过世，我第二天出生。

我猜，大概写小说的人也编不出这样的情节。

因为种种的原因，我关心的事一件都没搞明白。比如，我到底有过几个舅舅。我只知道，我有一个最小的舅舅，没有大名儿，就叫八猪子。因为家里的老母猪生了七个猪崽子之后，停止了生产，然后他就出生了，顺理成章，他排在其后。我母亲说起他的时候，一脸惋惜的表情。因为八猪子极其聪明，没上学就会写字，经历诸事，过目不忘。那时候，有个小英雄叫王二小，把日本人故意带入八路军的包围圈，最后被日本人杀害。那歌就叫《歌唱二小放牛郎》。舅舅年纪和王二小相仿。他听说之后，记在心里。有人问的时候，他还能把名字写出来。只不过他把王二小故意写成"王2小"。

后来得病，躺了几天，死了。

我母亲说，那时候，孩子有病，也没有人当回事儿，以为躺几天就好了。结果，躺几天，死了。

他死之后，我姥爷断了所有的念想儿。农村人认为：这家儿就算断了香火。这也是真的。我所有的舅舅都死了。小八猪是最小的一个。

写到这儿的时候，我有点儿想念他。恐怕现在只有我还知道他。

今生未必重相见，遥计他生，谁信他生？

前人辛苦！

活成一个年近半百的老人了，我对许多事已经看淡了。比如生死，比如恩怨，比如报应。只不过，听到不幸的消息的时候，心里还是会有波澜。

把它写下来！

有时候我喜欢听一首名叫《藤》的歌：

我们转过脸看太阳缓缓升。鸽子依然落在屋脊，却不是从前的那只，当我们抬起头，已过而立年纪，看枝丫漫天的那棵，曾经是嫩嫩的绿。那么多的枝枝蔓蔓，遮挡住的是那些往昔。继续卖力的生长吧离参天还很远呢，继续飞快地发芽吧，要遮天蔽日还要许久呢……

够不够励志？

此曲天上有，不是人间客。

房子要建好啦！守着安静的沙漠，静待花开。

我也常常告诫别人，许愿要小心，当心它实现。

2019年4月30日

养生之道

这是《随园诗话》里的一个题目。

袁枚在里面说："康节先生有三不出之戒。谓风不出，雨不出，大寒暑不出也。余七十后，惟暑不出，过中秋才出，此定例也。去年八月八日，太守松云李公新修莫愁湖成，招余往饮，且云：'能为莫愁破例否？'余答云：'老僧入定，闻钗钏声便要破戒；况莫愁乎？'即往赴之。"

之乎者也，看了半天，琢磨了半晌，好像有了点儿眉目。

但联想到的，全是另外的一些琐事。

刚上班的时候，工资每月150元。第一次挣钱，心里还挺美的。工资揣入怀中，楼道里溜达了一圈儿，有点儿内急，踅身进了厕所。恰巧一个伴儿有进来，并排泄洪。激情四射之际，他说："有点儿事儿，借我点儿钱吧。"

好歹在一个茅坑里撒过尿。工资立马缩水了一半儿多。

当时适逢冬季，棉褥单薄，难敌严寒，又斥资20元买了一床电热毯，斥资若干买了一双皮鞋。两番斥资之后，薪水所剩无几，只好咬牙度日。

那床电热毯，我用了好多年。再冷的时候，屋里加电炉。半夜热醒，口渴得厉害，就喝凉水。循环往复。当然，现在想起来，完全是恶性循环。

后来，电热毯的调节开关出了问题。打扫卫生的老马自告奋勇，准备将开关去除，直接和电线接触。仿佛我当时还有一丝戒备，他操作的时候，我趴在床边仔细观察，然后就是一声巨响。老马当时就傻眼了。我也傻了。

以后，接电线之类的活儿，我坚决不让打扫卫生的人干，自告奋勇也不行。根本不靠谱儿。

每月150元的工资，我挣了小两年。

有一个月发工资的时候，有同学找我，还是借钱。上学的时候，关系还不错。他在一个工厂里上班。他说，闹着玩儿，把一个工友的胳膊摔折了，需要点儿医药费。这次直接拿走了三分之二的工资。薪水又所剩无几，愈发捉襟见肘。

这可是30年前！

以后，便是杳无音信。后来，一个偶然的机会，我知道他说的是假话。我的心里有点儿愤怒。这愤怒的根源就是捉襟见肘的那个月过得根本就不值！

很多年以后，偶遇过一次。同学很热情，大声地打招呼。我侧目而过。从此，再无交集。

后来，我工资不再外借。钱不是问题，问题是没钱。

大约10年前。工资卡里有一笔钱，1万元。别人告诉了我。那天上班的路上，我还特地到银行查了一下。果真有1万元！我心里有些兴奋。琢磨着怎么让这1万元发挥它最大的作用，不枉它来我这里一场。几乎是同时，来了一个电话，我同学的同学。

我们有一段时间是无话不谈的朋友，关系好的不要不要的。有时候他说的话直指我的内心。现在想起来，是我有一段时间内心空虚得狠了点儿的缘故。寒暄了几句，话题直奔核心。借钱，1万元。

我破了戒。钱不是问题，我有钱。

他来拿钱的时候说，少则10天，多则1月，归还。

其实，我知道他已经债台高筑。我知道他未必归还。

我也没打算要。

后来，他死了。这场景，跟小说有些类似。

出殡那天，电闪雷鸣，滂沱大雨。因为有更重要的事儿，我不能到场。心神不定。跟同事出去，下车的时候，同事开玩笑，差点儿把我手腕弄折，我大骂了一场。同事瞠目。

王朔在《致女儿书》里说："我不记得爱过自己的父母。小的时候是怕他们，大一点开始烦他们，再后来是针尖对麦芒，见面就吵；再后来是瞧不上他们，躲着他们，一方面觉得对他们有责任应该对他们好一点但就是做不出来装都装不出来；再后来，一想起他们就心里难过。"

我过去的一个同事在母亲节那天引用了这段话。后面还有一段话。

看了之后，沉默。

我跟别人借钱的次数不知超过我借钱给别人的次数几倍。仿佛此生就是不断地借钱还钱。十几年前，二十几年前就如此。十几年前，最大的一笔借了近20万元。奇葩的是，还无须开口。他通过别人转告我，用钱须提前，否则一时无法筹措。我那时候既心安理得，又有些感动。

那时候同事和酒友真多，胡吃海喝。有酒友病了，去病房看望，还不忘拿酒。病房促狭，环境极差，还缺少餐具。有人提议，用尿杯代替酒杯，反正都是一次性的，不脏。都不知道举杯庆祝的是啥。前些日子，有人提起来这档子事儿，我都忘了有没有我了。

去年就开始筹划出版事宜，但苦于资金之困。同学说，不就是这点儿事儿嘛。随后资金到账，一笔巨款。

我怀疑我前世是个骗子。

我早已戒了酒了。借钱的事儿好像还没完，但早晚得戒了它。

酒友病了。真病了，以前都是假的。人过中年之后，生死仿佛就在一线之间，缝隙小到不能插手。心里一下空空荡荡，耳朵嗡嗡作响。

有个约定，病好了，喝杯酒。我答应了。

度我！

车前子说，我算是那种给自己找个盼头才能活下去的人。像什么几天后去见喜欢的人，几号又有谁的演唱会。没有盼头活不下去。没有喜欢的事物也活不下去。活着的全部动力我全部都压在这一点点"喜欢"上。

不是我喜欢他们，是他们在救我。

我还喜欢这样一句问答。博尔赫斯问道："什么是天堂？"博尔赫斯答道："天堂是一座图书馆。"

是真佛只说家常。

2019年5月28日

成人礼

大约一两个月前，我得到一个紧急的讯号，即：某姑娘在毕业前，学校要举办成人礼。家长出席，还要互送礼物。并且还要写封信。更紧急的是，仪式第二天就要举行！

匆忙之中，铺开稿纸，竟发现无话可说。于是抽烟。于是喝茶。再不行，就开始踱步。浪费了许多并不宝贵的光阴之后，仍无收获。于是开始自己的老本行：抄袭。

抄袭的版本，是唐师曾的《开学，致儿子》。为保险起见，我略去了题目，模糊了性别，直奔主题。

1. 孩子，你一定要学会做饭。这与伺候人无关。当关爱你的人都不在身边的时候，使你能善待自己，独立生存。

2. 孩子，学会走路之后，要学会爬树、上房、跳墙、开车。这与身份地位无关。这样在任何时候，你都能拔腿去任何想去的地方，不求任何人，自尊地自由行走。

3. 一定要学会游泳。游过大江、大海。

4. 孩子，你一定要上大学，正规的大学。人生中需要经历这几年，无拘无束又能浸染书香。一旦走进社会，就进入了商品市场，永无安静之日。

5. 孩子，足迹有多远，心就有多宽。心宽，你才会快乐。万一无力远行，就让书籍带你走。拓宽视野，借助读书和常识让思想远行。

6. 如果世界上仅剩两碗水，一碗用来喝，一碗要用来洗干净你的脸和内衣裤。自尊与贫富无关。

7. 要热爱动物。

8. 天塌下来都别哭，也别抱怨，平静地承受。否则只能让爱你的人更心痛。

9. 就算吃酱油拌饭，也要铺上干净的餐巾，优雅地坐着。把简陋的生活过得很讲究。风度与境遇无关。

10. 去远方的时候，除了相机，记得带上纸笔。风景是相同的，看风景的心情千差万别、永不重复。徐霞客之所以是徐霞客，不是因为走的路最多。

11. 小孩的时候要有见识。长大的时候要有经历，你才会有个精致的人生。读别人的经验，自己去经历。

12. 无论什么时候，都要做一个善良的人。帮助那些需要帮助的人，这样上天才能恩宠你。拥有善良，会让你成为最受上天眷顾的人。这种眷顾未必是财富与权势。善有善报，所报者，爱也。

13. 关公流芳百世不是因为有钱，官大，而是挂印封金，永远不背叛朋友。

14. 要相信常识，质疑一切。

15. 要严守国家法律、宪法、联合国宪章。

16. 笑容、优雅、自信，是最大的精神财富。拥有了他们，你就拥有了全部。

好几百字，抄得我手腕酸痛。稿纸既无方格，又无横线，无拘无束的自由的结果，就是字体大小不一，高低错落，写到最后，一水儿地斜上去，斜上去，好似一艘将倾的小船。

结局和我所预料的一样：人家根本就不看！

这半宿功夫搭得真值。除了我，根本没有人受到半点儿感动。自我教育了一场。

同样落寞的还有唐师曾。前些天看了他近期的视频，他展示年轻时的照片，说他那时候那么年轻，上身穿的是伊拉克共和国卫队的毛衣，系的是美军的皮带，裤子是美军的沙漠迷彩，脚上穿的是约旦的军靴。现在，只剩下一个"葛优躺"了。说完，直直地向身后的椅子躺下去。

仅仅月余的功夫，我又盯上了《朱子家训》。里面说：黎明即起，洒扫庭除，要内外整洁；既昏便息，关锁门户，必亲自检点。一粥一饭，当思来之不易；半丝半缕，恒念物力维艰。宜未雨而绸缪，毋临渴而挖井。

此外，还有"勿营华屋，勿谋良田"等一系列的话。

我不会欣赏书法。我琢磨着找个写字儿好看的人把它通篇写下来，再花点儿钱，裱上，就挂在我那"勿营华屋"，即将完工、必将完工的新房子的墙上。

开头儿说的那个"某姑娘"，就是我闺女。再过几天，她就考大学了。再过几个月，她就该上大学了。

祝福她。

从此以后，我大概只能听那首名叫《往后余生》的歌了：

往后余生，风雪是你，平淡是你，清贫也是你；荣华是你，心底温柔是你，目光所至，也是你。

动漫《进击的巨人》里说，将意义托付给下一个生者，就是与这个残酷世界抗争的唯一的手段。

2019年6月4日

我们的朋友

写文章之前，电脑出了一点儿故障。心情有些焦虑。好在很快就排除了。天气炎热的时候，屋子里根本待不住人。于是每天的夜晚，都在院子门口的藤椅上半躺着。有阵子天天听歌。听康树龙唱《像我这样的人》，听李雅唱《越过山丘》。单曲循环，听得有些忘乎所以。

康树龙在《中国好声音》里没拿冠军，我还有些愤愤不平，还差点儿相信节目有黑幕。现在想想，纯粹是没事儿吃饱了撑的。

现在想想，这才几年的时间啊。剧情大反转。

据说《越过山丘》是高晓松为致敬李宗盛《山丘》而写的歌，开始听得我心潮起伏，差点儿找人倾诉。现在，电话都懒得接了。还管什么"你深爱的那个小妞儿，嫁了隔壁的王某"不王某，更不在意身边有没有流放归来的朋友。

听了几天，终于听腻了。再也不听了。心情腻烦是一方面，更主要的是心疼流量。

据说，过去点心铺招学徒，为防偷吃，第一件事儿就是让徒弟吃点心，吃腻烦了为止，吃到看见点心就怵，然后才开始学如何做点心。一辈子都专心致志，再无任何杂念。

开始想运动的时候，有人推荐骑自行车。好处一大堆。我也向别人推荐。后来聊骑行的好处的时候，一个老伙伴儿说："去你的吧，我早骑腻了。"

原来他是邮递员出身！

都是老中医，偏方须谨慎。

新房子终于建好了。

从施工到入住，共计107天。无图纸，无预算，全凭指手画脚，四处筹措。好在，终于落成了。

跟我预想的基本吻合。人定胜天！

只不过，入住之后，稍感失落。没入住之前，想着不靠谱的蓝图，还失眠了几天，入住之后，也不过如此。理想实现，是多么无聊的一件事。

如果说回想起来还算有趣的话，那就是认识了一些新朋友。

这些新朋友从事的职业分别是：门业、瓦业、涂料业。再通俗地说，就是做门的、卖瓦的、粉刷墙的。

建房子之前，我对施工一无所知，所以只好找图片。找到过一张，样式还算符合我的想象，像个过日子人家的样子，只是外墙都涂成了赭红色。我说过了，这红色俗到我怀疑人生。

建造途中，我问做房顶的永志："你说我准备把外墙涂成啥样？"

这个东北小伙儿说："哥，你这心思，我估计你要涂灰色。嗯呐。"

北京灰。嗯呐！

还有大门。也是灰色。北京灰。

做门的刘说："哥，你这不好做呀，别的你中意不？"

他手里有花花绿绿的宣传册子。

不中意！

刘花了一番心思，改了配方，遂了我愿。

安西院里面的格栅时，留东门。刘说："您这是要走偏门呐！"但紧接又说："走偏门也不碍事儿！"

听得我心惊肉跳。中国人是极在意风水的。即便天天看鲁迅先生的文章，关键时刻，我也含糊。

我现在爱看做门的刘的朋友圈。

经常是一段视频，配音都差不多：安装完了啊！看看啊，两条龙盘着，真漂亮！

要不就是：看看这个大影壁啊，这大福字，多棒！

最热的那天，刘的配音风格有些变化，他说完那些基本的内容之后，加了一句：内裤都湿了啊！

我的新朋友，生意兴隆！

因为出版的关系，编辑和我沟通了几次。编辑是个年轻人，他让我注意看稿子上他的批注。天气溽热，眼睛昏花，心情有些烦躁。标点符号，"的、地、得"的用法，不合时宜的段落，看得我心情沉重——由他去吧。

我不能解释。也解释不清。我要能当众说清楚一件事，何苦要写文章呢？

我在院子里看四角的、有时候是瓦蓝瓦蓝的、有时候是乌云翻滚的天空。

有人最佩服江南七侠之首的柯镇恶。不管对方武功多高他都敢上，总是大喝一声："无耻之徒，纳命来！"10秒钟之后，柯大侠又会喝道："要杀要剐，随便你，我柯镇恶不怕！"一生如此，打没赢过，装没输过。最牛的是，大战之前，他总是吩咐兄弟们："等会儿大家看我的脸色行事……"

一代盲侠！然后大家都崩溃了。

清代文康《儿女英雄传》第24回有云："吾生有涯，浩劫无涯，倒莫如随遇而安。"

我和他们都不是朋友。

乱。

我闺女终于上大学了。学校好赖不敢评价。念建筑系。据说她还满意：女生少，省得一天叽叽喳喳。

我说，是不是将来给人盖房子啊？她说，那是土木工程，我只管画图纸！

我很满意。不管干什么，只要干实事儿就好。

别像我，半辈子都是坐而论道。

2019年8月19日

露从今夜白

新房子落成以后，随着时间推移，情况逐渐稳定。也就是说，逐渐有了一套固定的生活规律。

但乍入住之时，由于时间紧迫，情况危急，加上自身的麻痹与轻敌，对于厨房没有造好这一客观事实认识不足，致使生活很被动。也就是说，还是有一点儿忙乱的。

消息传得很快，当然责任在我。我一改我妈传下来的"足不出户"的家训，凡家里有事，必然与外人渲染一番，使之流播，不再是秘密。反正过一百年之后，都是秘密。有人在朋友圈里说了类似的话，但我疑心他是要自杀。

初始的几天，有客来，所有的谈话都是在电锤与电钻的噪声中进行的，特别没有仪式感。最大的问题，是无法做饭。但好在还有亲戚，饭口的时候给送饭，还是轮班送。

解决饥饿的同时，我还收了一堆盆碗。我也没打算送还，权做纪念品收藏了。所谓善有善报，所报者盆碗皆无。

一个月下来，由于无法外出运动，体感不适。于是抽空测了测血糖，吃饱了测，已经15个多了。又到了危急的关头了！该想办法了！

于是我趁父亲在院子里歇着的当口，在院子里走。太阳毒的时候，我还买了两顶帽子，一顶草编的，一顶竹编的。草编的是在超市里买的，竹编的是网购的。网购的那顶样式和红军戴的差不多，准备在下雨的时候用。

顶着草帽，戴着墨镜，嘴唇紧闭，面色阴沉地在院子里疾走，终于引起我父亲的注意。他招手示意，说："盖房子你欠了别人多少钱？不会把房子又卖了吧？"

说得我莫名其妙。我说："啥意思啊？"

老爷子说："我看你天天急得走路。"

对话再也不能持续下去了。我挥挥手，继续走。走自己的路，让别人瞎猜去吧。

罗振宇在演讲中爱说一句话：人生一切难题，知识给你答案。

面对出行难题的时候，我觉得他的话有些扯淡。尤其是面对出门换水、买面这些难题的时候，我实在有些头痛。

我终于下决心买摩托车了。买带斗儿的那种边三轮。

考驾照去医院体检的时候，年轻的女医生说，您都这岁数了，还惦记着骑摩托车啊！我说，是的。我觉得我的时间很紧了。

女医生笑了。我没敢笑，我说得一本正经。虽生之日，犹死之年，很是可以驱逐幽默感的。

坐在考场里的时候，看着乌泱泱的一群年轻人，心里还是起了一些变化。我开车的时间，比他们大部分人的岁数都长了，还赶着考摩托车驾照。私心里，我真的怕衰老提前。

50道题，错5道题就不及格。下手还是有点儿肝儿颤。前30道就错了4个。这个时候，年龄的优势就显现出来了——眼虽花，手不抖，顺利答完，交卷回家！

张建国来过了。大哥来的时候，熟门熟路。我有些奇怪。他初来此地的时间是30年前，我诧异他的记忆力之好。大哥说："变化太大了！我早忘记老家的位置了，好在我提前来踩过点儿，打听了好几个人才找到，那时候房子刚安窗户！要不然哪能这么顺利到家！"

和警察打交道一定要小心谨慎，他总给你不一样的体验。

闻听此言，他抬头大笑。

他在我家住了一夜。聊了半宿。

在我构想的剧本里，此时此刻，应该是三个人在一起聊通宵的。只是，有一个人，已经永不能登场了。

他就是吴少华。

大约在4年前，我写过一个短文，回忆我们之间的友谊。那篇文章，写了很长时间，也大概在现在这样的季节。有时候是琐事缠身，有时候是蚊虫叮咬，反复搁笔。写完的时候，已经是中秋节的前夜，也是他离世的日子。

仿佛是天意。

到今年，他已经离世22年了。22年的时间，足以让一个婴儿从容地长大成人，但我遍寻不到。我也老了，也有些累了。

写到这里的时候，我还有些寂寞。

寂寞的时候，就东拉西扯地瞎写。

一个男人，如果到了近知天命的年龄，心里还有感情，应该恭喜，人还活着。

我现在心里感谢他的一点，就是他引领着我走上看书的路，在书里体会不一样的生命历程。朋友不在的时候，还有精神来支撑着肉身。

韩少功说："人与动物的差别，在于人是有文化、有精神的，在于人总是追求一种有情有义的生活。换句话说，人没有特别的了不起，其嗅觉比不上狗、视觉比不上鸟、听觉比不上蝙蝠、搏杀能力比不上虎豹，但要命的是，人这种直立行走的动物往往比其他动物更贪婪。一条狗肯定想不明白，为何有些人买下一套房子还想圈占10套，有了10双鞋还去囤积1000双，发情频率也远超生殖的必需。想想看，这样一种最无能、最贪婪的动物，如果失去了文明，失去了文明所承载的情与义，会变成什么样子？是不是连一条狗都有理由耻与之为伍？"

上面这段话，看看就可以了。是我从《读者》里抄的。和我想说的话，不是一个意思。

鲁迅先生在《中国小说史略》里引用过这样一段话："我出来应世的20年中，回头想来，所遇见的只有三种东西：第一种是蛇虫鼠蚁；第二种是豺狼虎豹；第三种是魑魅魍魉。"

这段话，和我半生所见的，并不相同。

我还见过手足和红颜。

新书的名字叫《我的故事里》，是我写给吴少华的。有人劝阻我，说得情真意切。

原来，有的人，真的什么都不懂。

一个男人，活着的最终目的，无非是赡养父母，宠爱子女，然后认识几个知心的朋友，干几件自认为有意义的事儿。

如此而已。

如此而已。

但现在，我的30年以上的朋友，屈指可数，寥寥无几。

山河远阔，人间烟火，无一是你。

有人说，如果事与愿违，请相信一定是另有安排。

这样的话，还是和年轻人说吧。我肯定是不信了。

2019年8月31日

榕树下

2003年3月21日，我在网站上看到一段话，把它抄了下来。

也许，我们可以叩开生死的墙，看见亲爱的Echo坐在天堂的家里——旧轮胎的坐垫，小脚踏车的锈铁丝内环，斜铺着美丽的台布的饭桌，架满书的书架，墙角怒放着美丽的天堂鸟，满屋子都飘着中国菜的味道，想好了吗，要跟Echo说些什么？

网站的名称叫橄榄树。

那年我33岁。在单位当科长。无知又粗鲁，狂傲且没有章法。但我把这段话抄了下来，还标注了日期。不知道因为什么。

那个Echo，到今年我才知道有人译作"回声"。

是三毛的英文名字。

今年我49岁了。早上起来，量了一下血压，84/120，昨天是88/148。我很满意。

家里养了一条狗，没有名字。这厮通体黑色，胸部有一抹白毛。我闺女说应该叫它小白。但叫起来没有力量，尤其是骂它的时候，怎么听都有些暧昧。

不伦不类，不予采纳。

我爹想养狗。我爹说院子里有条狗才显得有生气。亲戚一下子给送来了两只，一大一小。我权衡了半天，留下了这只大点的。

和叔叔同行来送狗的小孙女怀里还抱着一个纸盒，里面趴着另外的一只，好像还没睁开眼。我朝里看了一眼，小孙女满脸的不乐意。我挥了挥手。

我闺女听说家里养了狗，主动赶了回来。天气还热，她穿着短裤，脚上却套着靴子。我说这是什么打扮啊？她挥了挥手："你不懂。"

无知又粗鲁，狂傲且没有章法。

我闺女下了功夫了。她要训练狗坐、卧和握手。浪费了一番时间之后，她得到了一个结论：这是一只傻狗！

手里没把米，鸡都不来！

狗有了吃食之后，动作基本准确。有一次坐下的时候，还玩儿了一把"急刹车"。

院子里有了狗之后，渐渐地有了生气。它把我给它当垫子的旧被子、存放在外院儿纸箱子里的旧鞋子、和杂物放在一起的旧床单等，全部都拖到空地的草丛里，玩耍且撕咬。鞋子的种类繁杂，有布鞋、凉鞋、球鞋，等等。

我也不管。由它去吧。

长此下去，明年种菜的计划估计危险了。

其实，我家养狗是有惨痛经历的。

大概50年前，我父亲建房子的时候，家里养了一条狗。那时候困难，狗也懂事儿，忠心耿耿，异常警惕。见生人狂咬，见亲人温顺，家里没人的时候，它能独守工地。

后来村里号召打狗。我父亲没办法。能让人接受的方式就是吊死它。我父亲说，来来回回好几次，吊起来，不忍心又放下，吊起来，又放下。那狗也不叫，也不挣扎，就那么看着你。

我母亲去世的时候，家里还有一只狗。等办完了丧事，院子空了，人都走了，就留它在家。我还托人照顾。期间回来的时候，人还没进院，狗就大叫，进院之后，围着你，亲热异常。可是我没办法带走它，真的没办法。

天气还热的时候，村里一个一起长大的伙伴的母亲去世了。早晨我过去，院子里一群人。也没有过多的寒暄，有人麻利地往我的左臂上别黑纱。我说应该缠在右臂上。纠正之后，就在桌子旁边抽烟、喝水。中午去镇子上的饭店吃饭，披麻戴孝的一群人。饭店里的女服务员说："一会儿还有来办喜事的，麻烦把白带子都收一下。"

下午去墓地。村里的公墓极狭小，里面荒草一片，无人看守。路也不好分辨，几次踩在墓碑上。有字的我都看了一下，依稀能回忆起逝者的容貌。

伙伴的母亲一生辛劳，上慈下孝。功德圆满，入土为安。

犹记两个月前，老太太见到我父亲时说，咱们可都得好好活着啊！

刊载开头那段文字的网站叫橄榄树。我给记成了榕树下。

有人娓娓道来榕树下网站的历史。

1997年，期货市场崩盘，22岁的宁财神被甩下过山车，300万元资产荡然无存。1999年年底，他去榕树下应聘，榕树下总部在上海静安区建京大厦内，楼前满是法国梧桐。他推开办公室门，室内正中是一颗水泥浇筑的大榕树，榕树枝繁叶茂，遮蔽天花板。

一屋子人有说有笑，桌上除了电脑就是零食。桌旁纸箱养着两只胖荷兰鼠，一只在啃苹果，一只在打盹。

数月后，他对面来了两个新同事。

一个是网站主编，网名李寻欢，江湖传言称，当时2000万网民，有1500万看过他的小说。

一个是北邮博士，真名邢育森。他的小说和四大名著一起被压入盗版盘四处贩卖。数年后，他被写入《武林外传》，化身邢捕头。

后来，还来了个20岁出头的宁波女孩，名叫厉婕，网友更喜欢喊她安妮宝贝。

1999年秋天，榕树下在南京西路一剧院举办首届网络原创文学大赛。

王朔说："从此以后，每一个才子都不会被体制埋没。"

那一届小说奖最佳得主是尚爱兰。奖品之一是带家属游千岛湖。游玩当天，尚爱兰的女儿异常活泼，拿着弹弓一路蹦跳。

作家们凑过去逗她："你叫什么名字？"小姑娘把头一扭："蒋方舟。"

第二届最佳小说得主是一个叫曾雨的年轻人。他出生在江西南昌，取《滕王阁序》"楼中帝子今何在"，笔名今何在。

今何在高中时常写剧本给同学喻恩泰演，多年后，喻恩泰成了《武林外传》的吕秀才。

2002年，榕树下易主。

邢育森跑去写《家有儿女》，宁财神开了家广告公司。

李寻欢恢复本名路金波，出书《粉墨谢场》宣告李寻欢时代结束。

陈村发文《告别榕树》，文中说：网文自有它的生命力，网站也自有它的命运。

榕树下的创始人朱威廉也从咖啡改饮淡茶，与人约会从不迟到，不再相信自己无所不能，而且终于明白时代的力量。

他说榕树下如黄粱一梦：我不喜欢这个时代，所有事情变得唾手可得。

他还说：一切都是圆圈。最好的时代还没到来。

2003年，我把开头的那段话写在了一篇征文里，投寄给《北京日报》。奖品是去红桥市场领一本图书或一部音像制品。正是酷暑的时节，一个同事兼大哥驾车带我去风光。结果因为"非典"，市场萧条，那家图书门店关门歇业了。

大哥一顿痛骂："还得奖呢！奖品呢？你会写字儿吗？今儿

你不挨顿打就算好的了！"

骂得我心惊肉跳，心如止水。

离开许多人许多年了。我昨天在家里独自理发，就是剃光头。忽然感到了微小的孤独。

这人间有多少久别的重逢呢?

2019年10月2日

写在 2019 年的岁末

　　前天，有以前的同事说来访我。打电话的时候，我正准备启程遛我的摩托车。挎斗摩托车最终没买成，买了一辆大排量的踏板摩托，300cc。改变主意的时候，我和另外一个以前的同事说了，他哈哈大笑，估计还是仰天的那种。他说，一个男人，到了老年，最终的归宿就是踏板摩托。

　　大概半年以前，我去给我爹看关于前列腺方面的隐疾，一个医生——年轻的专家，用了类似、相同的口吻说："一个男人，如果他活的年龄够长久，最后都面临尿不出来的问题。"

　　我父亲问我咨询的结果，我挥了挥手说："没毛病。回家。"

　　大踏板采购回来的时节，正是北京最不像秋天的秋天。张建国送了我一顶头盔。大哥说："这是哥哥上一个警种服役时的纪念品。"话都说到这个份儿上了，拿在手里的时候，感觉都是沉甸甸的。其实，分量确实也不轻。但是，小了一号。

　　仰天大笑的同事又送了我一顶大号的。前面可以打开，说是方便我抽烟。戴上头盔的时候，心里感慨万千，有时候不在事情大小，关键是占便宜的感觉真好！

新摩托行驶了70公里以后就停驶了。原因只有一个字：冷。但每星期还得遛一次。

找到来访者的时候，我都把话说了。同事表示理解。下车的时候，我问他是不是有光屁股的感觉。没听见回答，直接进屋。

劈头一句话是："文章还写不写了？"

为了回答这个问题，今晚又坐了下来。开始写文章。

我跟同事说的是没时间。

确实是没时间。

每天要走路。搬家之后，停了运动，血糖飙升到15个之多。问题之严峻，形势之紧迫，不亚于刚开始患病时的晴天霹雳之感。对困难的回答就是战斗，对战斗的回答就是胜利，对胜利的回答就是永远的谦虚！要不是写文章，我都不说每天走近两万步。华为运动健康圈里每天都有人冲我竖大拇指，我也每天都和她们互相吹捧。

杂事儿。除了第一条黑狗外，我闺女又抱了两只小白狗。来的时候，公交车不让坐，我闺女把它们放在书包里，手里攥着一把狗粮，稍有动静，即投放狗粮若干粒，结果有惊无险地到家。乍一见面，我头都大了，啥家庭啊，养三只狗！开始放客厅养，每天早晨屎尿味经久不散。现驱逐在外院。每天早晨大狗带着两只小的，用头撞门，要粮吃。每每听到巨大的撞门声，我就知道该起床了。

我父亲。没人帮忙的时候，我父亲要外出，只能我推轮椅。步骤如下：把轮椅放好，把人放上去，把门打开，把轮椅推出去，再给门上锁。访问的第一站，是去战友家。坐下来没聊几句，看电视里播体育节目，我爹跟我大爷说："我也跑过半程马拉松。"我心里一紧，第一个反应是，我爹糊涂了。紧接着又说："在团里的时候……"我心里又不紧张了。没糊涂，聊的是当兵时候的事儿。

我大爷也经常回访。有一天，大爷郑重其事地跟我说："侄儿小子，我跟你商量个事儿。"我说："您说吧。"我大爷说："安宫牛黄丸的作用非常大，我准备找大夫咨询一下，看我吃行不行。要行的话，我先吃，如果效果好，我也给你爸爸买点儿，让你爸爸也吃。"

我说："您当过军官就是不一样，知道找大夫咨询一下。这个方法好！"

某天，我父亲一个人从卧室走到了客厅。我说："今天表现行啊！"我爹说："行个屁！"

我问来访的同事："我写的文章能不能看啊？"同事说："我看可以！"

可以就再写一点儿。

文章和语言该有多么大的鼓动性啊。有一段时间，我觉得有些支撑不下去了。发了一个毒誓：除了我亲爹，以后谁都不伺候了。直到有一天，看马未都视频。马未都说："什么叫有福之人？有福之人，不是说你多有权，多有钱。是在你父母健在的时候，你能伺候。没福的人，父母是不等着你的。你有什么都不行！"

人便如此如此，天理不然不然。

一语惊醒梦中人！

先生的书还得接着读，当然是鲁迅先生的书。那么多人研究先生，评价先生，我以为只有他的挚友许寿裳的评价最中肯。他说："鲁迅是预言家，是诗人，是战士。"

所有我能看到的关于研究先生的文字，我都记在备忘录里。直到有一天，记了这样一句关于先生文章的话：刀锋般闪亮的文字和飞鸟样自由的思想。

如释重负。如释重负。

还是有人能懂先生的。

希望有一天，我也能和人畅谈先生的文章。

这是我的理想。后半生的理想。

十年饮冰，难凉热血。

多年前，有记者问葛优觉不觉得生活平淡乏味，葛优说自己有一回在家里睡着了，妻子走过来没说话，就坐在椅子上看着他睡，当时他就有种感觉。记者问："什么感觉？"

葛优坏笑了一下说："真他妈——温馨。"

以前喜欢一个人。现在喜欢一个人。

明年，就是知天命的年纪了。真挺好！

世事沧桑，内心无恙。

2019年12月9日

没有消息

题目没写全，应该是"没有消息，就是好消息"。但题目应不应该有标点符号，有些拿捏不准，只好写了半句。《小窗幽记》里说：看文字，须如猛将用兵，直是鏖战一阵；亦如酷吏治狱，直是推勘到底，决不恕他。我还把这句话写在了黑板上，假装座右铭一样。但一遇实际，就听之任之，随它去吧。

王朔写了年终总结《2019，不会太久》。看了。我总结不了。一年终了的时候，我脑子里万千萦怀的全是饮食男女、鸡毛蒜皮的小事儿。罗永浩说："我出身不好，教养也差，但一直努力尝试做一个体面的人。"我只同意他的前两句，后面的那句，没想过，也没试过。

2018年年底的时候，没事儿瞎聊天儿，我说我想出本书，但是没钱。一个同学说："嘻，不就是这点儿事儿嘛！"然后，给了我一笔巨款。看到代表那笔巨款的那一连串数字，仿佛眼前的一片金星。男人，一定要有梦想！但，现在，2019年的年底了，书的影子还没看到。我也不问编辑，我也不催出版社。金星光芒的阴影下，站着一个巨大的仿佛是骗子的身影。有时候，我真怀疑我是不是一个骗子。

到岁数了，人开始怀旧了。天气正热的时候，初中的一群同学建了一个群，名字很诱人，叫什么"如花少年"之类的，我不禁也下了水。聊天儿，喊话。约着见面，我没去。这么多年，我一直想见阎同学，也不知道为什么。见了面，我把我的意思跟他说了，我说："这么多年，我一直很想你。"阎同学说："哥哥，我真想不到你一直想我。"两个年近半百的老男人，在大庭广众之下，就这么赤裸裸地表达着情感。

其实，我还想到当年的语文老师，他那年刚毕业，学富五车，看不起一位副校长，说："瞧他说话说的那错别字！"当年，我差点儿为他鼓掌。后来，我知道校歌是副校长写的词，庆幸没给老师鼓掌。

那歌词是这样的：

像燕山披上绿装，

像潮白碧水流淌，

杨各庄一中古庙变成大学堂，

古庙变成大学堂！

反正，就算把我打成骨折，我也想不出如此优美的、诗一样的、能把人唱哭的校歌。

有一年高中同学聚会，有人就唱得热泪盈眶。离开学校几十年，悲伤逆流成潮白河。

2019年，新房子终于建好了。我也算完成了男人人生中的几件大事之一。其他的几件应该是：换一次尿布，跑一次马拉松，写一本书，欣赏美妙的音乐，在宇宙中飞行。闺女大了，尿布早就不用了；马拉松是不准备跑了；在宇宙中飞行这事儿想都不用想了，我连飞机都不坐。美妙的音乐？不知道通俗歌曲算不算？要算的话我听《写给黄淮》：

你是我患得患失的梦，我是你可有可无的人，毕竟这穿越山河的箭，刺的都是用情至极的人；

你是我辗转反侧的梦，我是你如梦山河的故人，就让这牵肠挂肚的酒，硫酸一样刺激在你我的心头；

你是我情深似海的依赖，我是你早已过时的旧爱，反正这不三不四的年纪，谁也不会只为谁着迷；

你是我甘心瞑目的遗憾，我用那无悔的时间填满，就让这无怨无悔的双手，收拾出我想有的以后……

就算把我打成二次骨折，我也想不出如此伤感、诗一样的、让人无语的歌词。

因为建房子，我还写了三四篇短文，如《建房大事记》《建房琐忆》《建房杂记》等（被编辑合为一篇，由他去吧）。像日记一样，给逝去的2019年如水的光阴，多少留下点儿念想儿。

建房的时候，一个工人说："把厕所建在屋里面好！"我说"你老家的房子是这样的吗？"工人说，老家的老人观念不行，他说厕所的位置是供先人的地方，把我骂了一顿！

即使厕所在卧室的隔壁，我爹也没气力走到了。在两张床的中间，我放了一只水桶，每天晚上，我都在很响的小便声中醒来、睡去。

我一直想在客厅的墙壁上搞点儿装饰。开始想找人写《朱子家训》，就是"黎明即起，洒扫庭除"之类，可是我又怕束缚了我的手脚，因为我做不到。我选了一幅照片给我父亲看，是1964年"大比武"时当时的装甲兵司令员和领袖的合影。我爹看了半天，说："这也不像你呀！"我说："再仔细看看！"我爹说："噢，是我们司令员。"他接着说："这都是老人家信任的人！"

人过50岁，命就不是自己的了。有的人还是没有活过2019年。我很想写一段《读书》上看到的有些悲伤的故事。但写到这儿的时候，我还是转换了风格，抄一段温情的，好迎接2020年。是主持人董卿在《朗读者》中，和诗人海桑一起朗读过的那首《写给女儿的诗》：

想不到你竟如此地小

简直是一条软体的虫子

当我伸出偌大的双手

却不知如何抱你

你第一次见我

就面似老人，就满脸皱纹

你究竟走了多长的时间多少的路

才从生命的源头

跌进我的手中

你听不懂我说的话呢

我也不明白你的咿呀呀

但是这并不妨碍我俩的交流

要不你笑什么呢

要不我笑什么

我对着你唱歌

我对着你变成一条小狗

欢喜得像是一个傻瓜

"我真是喜欢他的字里行间的那种感觉，嬉笑怒骂，带一点自嘲，带一点皮笑肉不笑，带一点不屑一顾，带一些对生活的深情，带一些对历史的敬畏。"

这是别人对我写的文章的评价。在呼来唤去的生涯里，猛地看到这样的话，心里还真有点受用。

2020年，没有消息，全是好消息！

2019年12月28日

后记

嬉笑怒骂皆文章

总的感觉：

一、 生活很真实，而且充实，讲的都是身边的人和事，有的篇目读起来很悲壮，也有些嬉笑怒骂皆成文章的味儿。

二、 语言简洁深奥且不失幽默。故事很有人情味，能触动人心。不出书不能扩大读者范围。你的生活阅历和文学阅历都很深厚。

三、 叙事方法应该通俗些，你的个人叙事习惯太简单，太跳跃，估计很多人都不好接受。

四、 人物欠细，过于粗略，不能给人留下深刻印象，像父母亲、吴少华、老乔等大可细写。

五、 题目永远是文章的眼睛，不可过于随意。

2018年4月的某个夜晚，写完《只为一部书》（代序）之后，趁着夜色的掩护，我找到同事张老师，命他将锁在空间里的文章打印出来。因为之前有沟通，工作进行的很顺利。工作的间隙，聊天儿聊得张老师很是开怀大笑了一番。他对我很是赞叹，嘴里还不时发出"啧啧"的声音，让我很受用，也产生了一些不切实际的幻觉。

书稿打印出来，整好一盒墨用完，也整好将代序置之门外。

那个时节，天气还不算太热，但我的心里有些沸腾。书稿辗转一圈儿回到我手里的时候，天气已经微凉，我的心里，也已经快到冬天了。

开头的一段，是振华师阅毕之后的评语。语重心长。此中有深意，欲辩已忘言。

我自己，从来没有把话说深说透过，尤其在面对面的时候。写在文章里，也是吞吞吐吐。这是我的死症，也是我的生所。

老师在《本命年》的题目下划了红线，批语是"不合适"。在《纪念日》的题目下也划了红线，批语是：总有文题不合之嫌，题目是文眼，不能太随意。《送你一匹马》的批语最严重：太散了，究竟要表达什么？加了问号，还好，没加惊叹号。

2008年6月14日，我第一次在空间里写文章。那题目就叫《文章与我》。文章很短，开首就写道：《橘子红了》的作者说，我从不探讨文学的使命和人生的价值，我只写故乡、恩师和旧友。也很好啊。

那时适值我母亲去世两年半，那一年的父亲节前，也是我重写文章的开始。

文章有人看，真是莫大的安慰和安宁。

《本命年》是写我母亲的文章。《纪念日》是写我的婚姻。《送你一匹马》是回答吕姓同学的提问来纪念我早亡的同学。写的次数多了，我实在想不出更好的题目。匆忙时的路上，闲暇时的发呆，想起往事，多多少少有些失落。那些失落，都写在了文章里。别人的一头雾水，可能正是我的心境澄明。知我者谓我心忧。

老师73岁了，闲时在一起，更像朋友。

既然是这样，那，老师的批语，我是虚心接受，死不悔改。

罗振宇写过一篇文章，叫《生活从不潦草》，说的是他的同事、作家贾行家的那本书《潦草》。其中有一段，写了一个非常小的铺子，之前在那儿做生意的都倒闭了。

有一天，来了一对小夫妻在那儿卖馒头，就一张红纸贴在门口，写了店名。一口电蒸锅，一天也蒸不出几屉馒头。邻居们都替他俩发愁：这日子可咋过呢？

哎，过了几个月，买的人越来越多，红纸上又添了几个字，以后还卖花卷、糖三角和发糕。

又过了几个月，又添了煮黏苞米、自制大酱、咸鸭蛋和咸菜。

又过了几个月，小伙子叮叮当当敲了一辆推车，要推出去在大街上卖了。

贾行家在这儿写了一句话，说这家人"就像雨后抖动的一株草"。

罗振宇说，看了一二百字的文章，有一种莫名的感动。他最后说，太平时节，哪有什么人生绝境？社会的每个角落里，你都看得到自暴自弃，也看得到生命力。

我的生活阅历和文字阅历都浅薄的很。我明明知道的。

最后感谢振华师，宝山兄。感谢帮助我出书的同学。最后的最后，感谢您看我的书。